WERNER J. EGLI

DORT DRAUSSEN IST WER

Roman

D1728279

ARAVAIPA

AutorenEdition Egli

ISBN 978-3-03864-026-4
Alle Rechte vorbehalten.
Lektorat: Horst u. Fritz Eibl (A)
Umschlaggestaltung: Agentur brivas
Bildnachweis: Pixabay
Druck: SOWA
Realisation: Brigitta Vasella

ARAVAIPA im Internet: www.aravaipa.ch

Inhalt

1. Northfork

Wir sind nach Northfork umgezogen. Das ist eine Kleinstadt am Crenshaw River. Wenn ich »wir« sage, dann meine ich damit unsere Familie, Dad, Mom und meinen kleinen Bruder Dany, nicht jedoch Amanda, meine süße kleine Schwester. Die gab es damals nämlich nicht, aber meine Mom wollte noch ein Kind, und Dad hatte auch nichts dagegen, unsere Familie größer werden zu lassen, obwohl sich, wie ich vermutete, unsere finanzielle Lage dadurch nur noch verschlimmern würde.

Das Geld, das Dad als Sandstrahler verdiente, reichte knapp bis zum Ende jedes Monats. Mehr war da nicht drin, aber Dad und Mom planten, mich die High-School fertigmachen zu lassen, damit ich danach sogar eine höhere Schule besuchen konnte.

Ich hatte keine Ahnung, wie sie das alles bezahlen wollten, aber darüber machten wir uns damals keine Gedanken. Viel wichtiger für uns war, dass das Baby auf jeden Fall ein Mädchen werden sollte, denn das wünschte sich Mom. Mit Dany, mir und Dad waren für Mom schon genug Lebewesen des männlichen Geschlechts in unserem Haus, welche im Laufe der Zeit die Fähigkeiten entwickelt hatten, allen häuslichen Aufgaben wie Geschirr in die Spülmaschine tun, die Betten frisch überziehen, Fensterscheiben putzen, Staubsaugen oder den Kehrrichtbeutel nach draußen bringen, meistens gekonnt auszuweichen.

Niemand von uns hätte sich ausdenken können, dass sich das alles in jenem Moment sozusagen schlagartig änderte, als ein, von Mom wöchentlich durchgeführter Schwangerschaftstest tatsächlich ergab, dass sie mit fast hundertprozentiger Trefferquote schwanger war.

Von dort an wurde ich von schlimmen Vorahnungen gebeutelt. Wir würden wegziehen. Vielleicht nach Northfork, eine kleine Stadt im Westen, ein Paradies für Hinterwäldler, alte Hippies und sonstige Freaks, die ihr Leben in der wilden Natur einem Leben in unserer Zivilisation vorzogen. Denn dort, zwischen hier und nirgendwo, wo sich dunkle Wälder grenzenlos ausbreiteten, wo Bären herumstreiften und die Menschen Jagd auf Elche machten und Lachse fischten, damit Essen auf den Teller kam, da ließ es sich für Menschen gut leben, denen es nie gelungen war, zur richtigen Zeit am richtigen Ort zu sein und die eigenen Taschen mit den Früchten des Fortschritts vollzupacken.

Unser Auto war kein Mercedes, sondern ein kleiner, verbeulter und halb verrosteter Toyota Pickup, den Dad liebevoll »Rusty« nannte.

Ich bin kein Wildnismensch! Der Gedanke, dass

ich mich irgendwann mal mit einem Zahnstocher gegen einen Grizzly schützen müsste, so wie das unserem Nachbarn Andrew McGraw passiert war, wurde mir zum Albtraum, auch wenn er mir später einmal seinen Zahnstocher zeigte, bei dem es sich nicht um einen solchen handelte, sondern um ein riesiges Bowiemesser in einer mit Blut befleckten Lederscheide.

Ich mag meine Familie. Vielleicht, dachte ich, würde die Geburt Mom dazu bewegen, Amanda im Schoße der Zivilisation aufwachsen zu lassen, also in meiner Stadt, Winnipeg, in der wir damals zu Hause gewesen waren, als sie jubelnd aus dem Badezimmer gelaufen kam und uns das Stäbchen zeigte, das untrügliche Beweisstück, dass sie wirklich schwanger war.

Wir waren alle mehr oder weniger glücklich. Dad wischte sich sogar Tränen von den Augen, während er Mom und Dany umarmte. Und ich? Ich flüchtete auf mein Zimmer und ließ einen Rap von Eminem so laut über die Boxen laufen, dass das ganze Haus erzitterte und Dad die Treppe hinaufstürzte und in mein Zimmer polterte, um mir mitzuteilen, dass im Wohnzimmer der Putz von der Decke bröselte.

Es sind seither ein paar Monate vergangen, und ich habe nicht nur den Umzug überlebt, sondern, mit der fortgeschrittenen Schwangerschaft meiner Mutter entwickelte sich auch die Vorfreude auf die

Geburt meiner kleinen Schwester. Im Verlauf der Schwangerschaft dachte ich zwar oft, muss das denn jetzt noch sein, so ein Nachzügler, schon fast fünf Jahre jünger als Dany und glatte sechzehn Jahre jünger als ich, aber je mehr wir uns dem Tag der Geburt näherten, desto mehr gewöhnte ich mich an den Gedanken, bald ein Schwesterchen zu bekommen.

»Gewöhne dich an den Gedanken, Josh, dass du demnächst ein Halbschwesterchen haben wirst.«, sagte Mom einmal, als sie gerade dabei war, einen Internetkatalog für Babybekleidung nach den ausgefallensten Strickstrumpfhöschen zu durchstöbern. Bereits gab es im neuen Haus an der Huckleberry Street von Northfork unübersehbar Anzeichen dafür, dass sich unser Familienleben schon bald gravierend ändern würde. Hier und dort, überall wo grad Platz war, hatte Mom Packen mit Pampers gestapelt, die sie auf Vorrat im Sonderangebot ergattern konnte. Hatte sie schon bei Dany getan, bevor er auf diese Welt gekommen war. Damals lebten wir noch in Winnipeg in einem Wohnhaus, das eigentlich in der neuen Stadtplanung mit all den anderen alten Häusern an unserer Straße einem Zubringer zum Freeway weichen sollte.

Wie ich schon mal gesagt habe, Dad arbeitete als Sandstrahler für eine Baufirma, in allen Belangen verlässlich und verantwortungsvoll. Mom war eine exotische Schönheit. Ist sie noch immer, auch wenn die Sorgen, welche sie vor Dany und mir verbergen wollte, ihre Spuren hinterlassen hatten. Zum Glück hatte ich damals nicht einmal einen blassen Schimmer, was los war, aber jetzt weiß ich, dass es für ihre Befürchtungen einige triftige Gründe gab, die sie mir nie verraten hatte, bis es nicht mehr anders ging.

Warum wir aus Winnipeg wegzogen und hier, in einem Randquartier dieser Stadt in einem größeren und moderneren Haus lebten, ist mir erst dann klar geworden. Es hatte etwas mit der stillen Angst zu tun, die sich in Mom's Kopf eingenistet hatte. Angst um mich und um Dany und unsere Familie. Nein, nicht die Stadt war es, die Mom Angst einjagte, sondern ihre Vergangenheit, die sie einholen könnte. Das wusste keiner von uns. Nur Dad ahnte, dass er etwas unternehmen musste, für Mom und für uns. Also gab er alles auf und wir verließen Winnipeg.

Nun sind wir in Northfork, und in der ersten Zeit schien es so, als wäre es Mom gelungen, die dunklen Schatten, die sie plagten, abzuschütteln. Ich hatte sie nur einmal glücklicher erlebt als in den ersten Wochen, als wir nach Northfork kamen, nämlich in der Zeit, als Dany, mein kleiner Bruder zur Welt gekommen war. Doch die Schatten holten sie alsbald ein. Selbst während sie sich mit all ihren Sinnen auf die Geburt vorbereitete, spürte ich, dass auch hier in Northfork eine Wolke über unserem Familienglück lag. Zu gern hätte ich gewusst, was tatsächlich in ihrem Kopf abging, aber ich getraute mich nicht, sie danach zu fragen.

Auf jeden Fall fing sie, so wie sie es auch bei Dany getan hatte, schon viele Wochen vor Amandas Geburt mit dem Einkaufen an.

Und wo sie in unserem Haus Platz schaffen konnte, türmten sich bald Schachteln mit Babyklamotten, Babyspielsachen, Plüschtierchen und irgendwelchem Plastikschrott zum Krachmachen.

Und Packen von Windeln, auf allen Schränken und übereinandergestapelt vom Fußboden bis zur Decke hinauf. Kein Sonderangebot ließ sie aus und Dad arbeitete Überstunden, damit unser Konto auf der Northfork City Bank nicht überzogen werden musste.

Dort, wo wir weggezogen waren, hätte ich wenigstens Trost bei meinen Freunden gefunden, aber hier, in dieser Stadt am Rande von nirgendwo, da war ich noch immer ein Fremder, einer, vor dem man sich in acht nehmen musste, weil man ihm anmerkte, dass er mit der Natur, von der Northfork sozusagen umzingelt war, nicht im Einklang stand.

Im Einklang? Ich brauche das nicht. Einklang empfinde ich als völlig langweilig. Hier draußen ist der Hund begraben. Die Jungs in meinem Alter gehen auf die Jagd oder fahren mit einer alten Karre im Busch herum. Und im Winter, wenn die ganze Gegend tief verschneit ist, holen sie ihre Schneemobile aus der Garage, hängen ein Seil dran und einen Lastwagenreifen, und fahren anschließend wie die Verrückten durch die Gegend, zwei auf dem Schlitten und einer auf dem Reifen. Dass da noch nie einer gegen einen der unendlich vielen Bäume geknallt ist, die es in unserer Gegend gibt, und sich sämtliche Rippen gebrochen hat, ist wohl eines der letzten wahren Wunder unserer Zeit.

Dany ist es ganz leicht gefallen, hier in Northfork Freunde zu finden. Er ist schon jetzt richtig beliebt, immer prima drauf und anständig. Besonders die Nachbarinnen und die Mädchen mögen ihn. Keine Ahnung was aus dem einmal wird. Ein Gigolo höchstwahrscheinlich und wer nicht weiß, was das ist, soll mal googeln.

2. Unser Haus

Nur noch ungefähr drei Wochen, bevor Mom mit Amanda niederkommen sollte. Es war schon alles gut vorbereitet und geplant. Mom sollte Amanda im Spital von Northfork gebären und sich danach daheim mit dem Säugling im Elternschlafzimmer einquartieren, das sich im Erdgeschoß befand. In einem Jahr ungefähr, so meinte Dad, hätten wir genug Geld, um in ein größeres Haus umzuziehen, damit die Kleine ein eigenes Zimmer hatte.

Während Mom mit ihrer Schwangerschaft und der bevorstehenden Geburt beschäftigt war, haben Dad und ich mein Zimmer im oberen Stock schall-isoliert. Alles zum Wohl Amandas. Die Kleine wird mal von ihren Eltern so was von krass verwöhnt werden, dass sie als Teenager bei einem Zicken-schönheitswettbewerb hundert Pro die Krone aufs Haupt kriegt, da war ich mir ziemlich sicher.

Für mich und Dad war der Umbau meines Zim-mers eine reine Männerangelegenheit, die uns noch mehr zusammenschweißte. Dany ging uns hin und wieder zur Hand, und so dauerte es nur knapp eine Woche, bis mein Zimmer sozusagen schalldicht war.

Auch Dany freute sich sehr auf Amanda. Seit

seiner Geburt hatte er sich zu einem pflegeleichten Abenteurer entwickelt. Für ihn war Northfork und die wilde Umgebung ein echtes Paradies. Er war der geborene Naturmensch, immer draußen, auch bei Nebel, Schnee und Regen. Trieb sich mit seinen Freunden im in den Wäldern herum, was Mom wiederum dazu veranlasst hatte, mich zu ermahnen, ihn immer im Auge zu behalten.

Ehrlich, wir hatten nicht viel gemeinsam. Er passte hierher. Ich hingegen wartete darauf, endlich mal mein Leben in andere Bahnen zu lenken und meine Träume wahr werden zu lassen.

Ich wollte weg. Zuerst die High-School abschließen und danach zurück nach Winnipeg. Oder nach Los Angeles. Irgendwohin, wo es eine Musikszene gab, wo Rap von Leuten gehört wird, die damit was anfangen können. Meine Hauptaufgabe war es jedoch, auf Dany aufzupassen, wenn außer mir sonst kein anderer da war, dem Mom Danys Sicherheit anvertraut hätte.

»Pass gut auf Dany auf.« Wie oft schon hatte ich das aus Mom's Mund vernommen. »Pass nur immer gut auf deinen kleinen Bruder auf, Josh.«

Klar versprach ich ihr, immer auf meinen kleinen Bruder aufzupassen, obwohl das ja unmöglich war, besonders bei einem wilden Bengel wie ihm. Aber mein kleiner Bruder hätte sich bestimmt längst im Wald verlaufen, hätte er nicht selbst auf sich aufpassen können. Nur einmal wäre dies fast passiert, als er im Wald verschwand und sich im unwegsamen Gelände beinahe verirrte, weil er gemeinsam mit seinem Elvin aufgebrochen war, um unseren Großvater aufzusuchen, also den Vater seiner Mutter, der mehr als vierzig Kilometer von Northfork entfernt in einem Blockhaus wohnte, in einer hufeisenförmigen Schleife des Flusses, die »Horseshoe Bend« genannt wurde.

Für eine ganze Weile lief ich im Wald herum, rief bestimmt hundert Mal seinen Namen und fand ihn schließlich mit Elvin zusammen in einem Dickicht sitzen und Heidelbeeren essen. Er hatte schon sein Plastikeimerchen halb voll und erklärte mir, dass er seine Ausbeute Großvater bringen wollte.

»Großvater hat um seine Hütte herum tonnenweise Heidelbeeren«, gab ich ihm zu bedenken, aber davon wollte er nichts wissen.

»Dany, verdammt, es sind vierzig Kilometer oder mehr bis zur Horseshoe Bend!«

Er starrte mich verwundert an. »Warum schreist du mich an?«

»Weil ich kreuz und quer durch den Wald gelaufen bin und Angst um dich hatte.«

»Warum hattest du Angst um mich?«

»Weil du mein kleiner Bruder bist.«

»Und warum hast du geflucht?«

»Ich habe nicht geflucht!«

»Vorhin hast du geflucht.«

»Was denn?«

»Du hast mich angeschrien und dieses böse Wort benutzt.«

»Welches böse Wort denn?«

»Verdammt!«

»Na, und du? Hast du es nicht eben auch benutzt, du Knirps.«

»Ich bin kein Knirps!« Er kam zu mir und ich umarmte ihn und er fragte glatt, ob wir nun zusammen zu Großvater gehen würden.

»Du spinnst, Dany. Zu Fuß wären wir zwei oder drei Tage unterwegs.«

»Na und? Wir haben Elvin bei uns und wir können viele Heidelbeeren essen, und viele Brombeeren und Pilze.«

»Vierzig Kilometer, Dany. Es sind vierzig Kilometer dorthin. Über Stock und Stein und durch die Schlucht. Wir gehen jetzt schnurstracks nach Hause und wenn du mir Sperenzchen machst, versohle ich dir vor den Augen Elvins den Hintern, und trage dich anschließend wie einen Sack voller Kartoffeln über der Schulter nach Hause.«

Die Drohung saß. Auf dem Heimweg redete ich ihm mit Nachdruck ein, dass er alles nur geträumt hatte, und wir zusammen in den Wald gegangen wären, um Heidelbeeren zu pflücken.

Daheim stellte er das Eimerchen auf den Tisch

und als Mom ihn fragte, wo er denn gewesen sei, behauptete er, ich hätte ihm das Leben gerettet, weil er sich auf dem Weg zu Großvater verlaufen habe.

Mom musste sich schwer anstrengen, nicht durchzudrehen, packte ihn am Handgelenk und beugte sich zu ihm hinunter, damit sie ihm direkt in die Augen sehen konnte. »Das machst du nie wieder, Dany. Du läufst nie allein in den Wald hinaus, verstehst du? Nie! Der Weg bis zu deinem Großvater ist sehr weit und gefährlich. Es ist leicht, sich zu verirren, und es gibt viele wilde Tiere dort draußen, Wölfe und Bären. Außerdem ist letzthin sogar ein Vielfraß gesehen worden. Dany, ich sage nicht, dass wilde Tiere gefährlich sind, aber …«

»… sie sind gefährlich«, vollendete ich den Satz.

Dany lachte schallend.

»Mom, ich habe das alles nur geträumt. Lass mich los.«

Sie gab ihm einen Kuss und er hielt ihr Elvin entgegen. »Elvin will auch einen, Mom. Hier, halt ihn mal.«

Sie ließ Dany los, nahm Elvin zu sich und gab tatsächlich auch ihm einen Kuss.

Elvin zuckte nicht mal mit der Wimper. Er ist es gewöhnt, von allen möglichen Leuten geküsst zu werden, obwohl er ja nur, in Anführungs- und Schlusszeichen, ein Plüschbär ist, der schon vom Nachbarshund abgeschleckt worden und so oft in der Waschmaschine im Schaum des Waschpulvers herumgepurzelt war, dass er nicht mehr aufrecht sitzen konnte, weil hin und wieder einige der Nähte geplatzt waren und er dadurch einiges von seinem Füllmaterial verloren hatte. Obwohl Mom ihn immer wieder zusammengeflickt hatte, ähnelte er mehr einem Waschlappen als einem Bären.

»Darf ich wieder raus? Tim ist draußen und ich glaube auch Perry und Lorie und Quint.«

Er haute ab. Mom ging zum Fenster und setzte Elvin wie immer, wenn Dany draußen war, aufs Fensterbrett, damit er hinaussehen konnte und vor allem, damit Dany ihn im Blick hatte, wenn er draußen mit den Nachbarkindern spielte.

Mrs Pauline Zierbecher, also die Mutter von Perry und Lorie Zierbecher, war auch draußen, saß auf einem Stuhl auf der hinteren Veranda ihres Hauses und telefonierte.

»Pass immer gut auf Dany auf, Josh«, sagte meine Mutter.

»Tag und Nacht«, lachte ich. »Auch wenn ich gar nicht hier bin.« Ihr Blick verriet mir, dass die Schatten wieder da waren, unsichtbar für alle andern, außer für mich.

»Warum hast du denn Angst um ihn, Mom? Dany kann gut auf sich selbst aufpassen.«

Sie schüttelte den Kopf. »Das verstehst du nicht, Josh. Noch nicht.«

Unser Schutzengel ist der Bär! Behauptete unser Großvater, als wir ihn einmal zusammen mit Mom besuchten. Das nenne ich echt abgefahren. Bei allem Respekt für die amerikanischen Ureinwohner, die Indianer, aber an solche übernatürliche Spukwesen glaube ich nicht. Das passt vielleicht für einen Haida-Indianer, und das waren Logan Mortimer und meine Mutter, aber ich bin ein Kanadier, halb Haida und halb Bleichgesicht oder was weiß ich, aber mein richtiger Vater war ganz genau so wenig ein Haida wie Dad. Zu was macht uns das, ich meine, Dany, mich und Amanda? Das macht uns zu Halbindianern, obwohl Dany und ich eben krass verschieden sind, weil wir zwei verschiedene Väter haben, er unseren Dad und ich einen, von dem ich nicht mal den Namen weiß.

Dass ich einen anderen Vater hatte als mein Bruder, wurde mir bewusst, weil Mom und Danys Vater Greg heirateten, als ich sechs Jahre alt war. Plötzlich tauchte sie mit ihm auf, und ich mochte ihn auf Anhieb, weil er als Junge in einer Schulband Schlagzeug gespielt hatte. Als Mom und Dad heirateten, ja, genau am Heiratstag bei der Feier, sagte er so ganz nebenbei zum mir, dass ich ihn auch »Dad« nennen konnte. Machte mich richtig stolz, plötzlich einen Dad zu haben, der zwar nicht mein Vater war, aber mir bei einem Trödler in Winnipeg ein Keyboard kaufte.

Inzwischen verbringe ich den größten Teil meiner Freizeit am PC und mache einen Beat nach dem anderen. Außerdem bin ich in der Rap Szene schon ziemlich gut vernetzt. Musik am PC, an den auch das Keyboard angeschlossen ist. Ich habe mir meine Höhle als Studio eingerichtet, und zwar mit allem Drum und Dran. Alles voll elektronisch. Auch mein Keyboard steht da. Und meine E-Gitarre. Und eine Lautsprecheranlage, die ich dem einzigen Rapper von Northfork für wenig Geld abgekauft habe, als er nach Los Angeles gezogen ist, um dort ein Star zu werden.

Für mich war also alles so ziemlich in Ordnung, und mein Dasein verlief in den geregelten Bahnen unseres Familienlebens. Nichts konnte passieren. Alles nahm seinen Lauf und irgendwann würde ich Northfork verlassen, mein eigenes Leben leben und meine Träume in das echte Leben rüberbringen.

Mom und Dad mögen meine Musik, weil sie von mir ist. Sie selbst hören lieber ältere Sachen, zum Beispiel die Bands aus den 90ern mit viel Gitarre. Ich mache die Beats und manchmal auch die Melodie, aber oft produziere ich die Musik mit andern zusammen. Das geht am PC alles ziemlich gut und macht mir richtig Spaß. Mom und Dad glaubten, dass es erst schwierig werden würde, wenn ich die

Schule vernachlässigte und nur noch auf eine Karte setzte, die Musik. Kann gut sein, dass das so sein wird. Für die Musik tu ich fast alles. Sie ist zu meiner Leidenschaft geworden. Alles andere ist ziemlich in den Hintergrund gerückt, auch die Schule. Ich habe mir trotzdem fest vorgenommen, mich durch die High School zu kämpfen und eventuell später sogar Musik zu studieren, aber das ist alles nur ein vager Plan, weil meine Zukunft noch in der Ferne liegt und mir die Vergangenheit mehr zu denken gibt.

Zum Beispiel hätte ich schon gern gewusst, wer mein Vater war, aber Mom hatte bisher nie über ihn geredet, ihn mit keinem Wort erwähnt. Dad auch nicht. Vielleicht dachten sie beide, wenn sie nicht über ihn redeten, gäbe es ihn für mich gar nicht. Oder ich würde ihn vergessen. Nur, so einfach war das eben nicht. Manchmal vergaß ich ihn, manchmal dachte ich an ihn, hätte gern gewusst, was mit ihm und Mom los war und warum sie sich getrennt hatten. Ich nahm nicht an, dass er tot war. Das hätte sie mir bestimmt gesagt. Aber sicher war ich mir darüber auch nicht. Gab es ihn noch? Wo wohnte er? Dachte er hin und wieder an Mom? Und an mich? Suchte er nach mir? Würde ich ihn erkennen, wenn ich ihm einmal begegnete? Würde ich sehen, dass er mein Vater war? Was würde ich tun? Ihm die Hand reichen? Ihn berühren, um die Gewissheit zu bekommen, dass er wirklich ein Mensch war, aus Fleisch und Blut? Sein Blut, das auch in meinen Adern rann. Oder würde ich ihm ausweichen, mich umdrehen und davonlaufen?

Ich wusste es nicht. Die meiste Zeit war es mir auch egal, bis dann, vor einigen Wochen, als Mom und Dad sich allein wähnten, etwas sehr Merkwürdiges geschah.

Ich wachte mitten in der Nacht auf, keine Ahnung wieso, ging in die Küche und trank ein Glas eiskalte Milch. Auf dem Weg zu meinem Zimmer, das sich auf der anderen Seite des Flures befand, ging ich noch mal an der Tür zum Elternschlafzimmer vorbei. Da ich barfuß war, hörten sie mich nicht. Wie spät es war, wusste ich nicht, aber Mitternacht musste längst vorbei gewesen sein. Dany schlief und ich denke, dass Mom einfach mitten in der Nacht aufgewacht war, vielleicht weil sie inzwischen hochschwanger war und das Baby in ihrem Bauch herumrumorte. Wie auch immer, ich hörte ihr Bett knarren. Dad lag wohl im Halbschlaf oder benommen neben ihr. Und da vernahm ich Mom's verhaltene Stimme durch die Tür und obwohl sie nicht laut sprach, hörte ich folgende Worte: »Du weißt, dass er bald entlassen wird, Greg?«

Ich blieb für einen Moment still stehen.

Von Dad kam keine Antwort, aber er schnurrte wie eine Katze, die am Bauch gestreichelt wurde.

»Greg, hörst du? Ich traue ihm zu, dass er irgendwann hierher nach Northfork kommt.«

Ich hatte in diesem Moment keine Ahnung, dass Mutter von meinem Vater sprach, aber dann hörte ich Dad's murmelnde Stimme: »Wegen Josh?« Mom gab ihm flüsternd eine Antwort, die mich beinahe umhaute. »Wegen ihm – und wegen allem.«

Jetzt ging ich schnell weiter und machte meine Zimmertür hinter mir so leise zu, dass es niemand im Haus hören konnte. Außer Mom. Ich war noch nicht im Bett, als ich die Schlafzimmertür aufgehen hörte. Ich warf mich ins Bett und zog die Decke über den Kopf. Als sie leise eintrat, tat ich, als wäre ich im Tiefschlaf versunken. Sie kam zum Bett, strich die Decke glatt, löschte die Nachttischlampe und ging wieder hinaus.

Ich verharrte unter der Decke.

Was war nur mit meinem Kopf los. Alle Gedanken, und immer wieder die gleichen, schlängelten sich durch meine Gehirnwindungen.

Wegen *allem*? Zuerst dachte ich, ich hätte mich verhört und sie hätte Allen gemeint, was auch ein Name hätte sein können, aber als ich unter der Decke in meinen Gedanken herumstocherte, hörte ich immer wieder Mom's Stimme und kam zur Überzeugung, dass sie *allem* gesagt hatte, weil sie *allem* gemeint hatte. *Allem*!

Ich nahm mir vor, Mom zu fragen, was für sie dieses kleine Wort überhaupt beinhaltete. Das ist nämlich alles nicht so einfach. Wenn es *allem* bedeutete, dann bedeutete das eben alles, was ihr von ihrer Geburt an bis jetzt widerfahren ist, also sozusagen ihr ganzes Dasein. Es konnte aber ebenso gut sein, dass *allem* nur eine Zeitspanne ihres Lebens betraf, also alles was zu einem ganz bestimmten Zeitpunkt passierte, nachdem sie mich zur Welt gebracht hatte. Dann betraf *alles* auch mich. Die Geburt. Die Zeit danach. Alles!

Es machte wenig Sinn mir das Gehirn zu zermartern. Wenn ich wissen wollte, was sie mit allem gemeint hatte, musste ich nur eine günstige Gelegenheit abwarten um sie zu fragen, eine, wenn Dad nicht da war. Oder sollte ich erst einmal mit Sina darüber reden? Bestimmt wusste sie Rat. Sie ist so gescheit, dass es ihr manchmal zwischen den Ohren wehtut. Ehrlich. Sie hat häufig Kopfschmerzen. Ich hatte nie Kopfschmerzen. Sie schon. Ich nahm mir vor, mit Sina zu reden, aber zuerst wollte ich nur wissen, ob sie es für richtig hielt, meine Mutter mit Fragen zu belästigen, die etwas mit meinem Vater zu tun hatten. Für sie schien unsere Familie vollkommen zu sein, obwohl ich offiziell noch immer den Familiennamen meiner Mutter trug, Mortimer, während der Name meines Vaters ein ganz anderer sein musste. Hätte Mom mir etwas über ihn erzählen wollen, wäre das längst geschehen. Wenn ich jetzt meinen Vater in unsere Familie brachte, auch nur in einem Gespräch, konnte das Folgen haben. Es durfte einfach kein Drama daraus werden, aber es wurde dann trotzdem eines, und zwar eines, das uns alle, Dad, Mom, mich und sogar meinen kleinen Bruder Dany ziemlich durcheinander brachte. Nur die Kleine kriegte nichts mit, glaube ich, aber ganz sicher bin ich mir da auch nicht. Wer weiß denn, was sich alles im Kopf eines Babys abspeichern kann. Wenn Amanda schon, wie das Mom behauptet, unsere Liebe empfindet, wieso dann nicht auch den Horror, den wir einige Wochen später erlebten.

3. Mein Vater

Das, was Mom zu Dad gesagt hatte, als ich mitten in der Nacht an ihrer Zimmertür vorbei ging, wollte mir nicht mehr aus dem Sinn. Der Gedanke, dass sie über meinen Vater geredet hatte, über meinen wirklichen Vater, beschäftigte mich. Ich dachte daran, Mom direkt zu fragen, aber ich schob das immer wieder auf. Ich fürchtete nämlich, dass eine Frage nach meinem Vater zu diesem Zeitpunkt nicht unbedingt passte. Ich hatte noch ein Jahr High School vor mir und danach vielleicht ein Musikstudium an der Uni. Warum sollte ich da meinen leiblichen Vater ins Spiel bringen, hatte er sich in den vergangenen Jahren doch nie um mich gekümmert, nicht einmal nach mir gefragt oder an meinen Geburtstagen an mich gedacht.

Manchmal wünschte ich mir nichts mehr, als dass er für ewig aus meinem Kopf verschwunden wäre, aber er tauchte immer wieder auf, meistens wenn ich im Bett lag und grad einschlafen wollte, oder mitten in der Nacht in merkwürdigen Träumen, aber auch wenn ich meine Beats machte. War er es, dessen Gene mich dazu brachten, eine besondere Leidenschaft für Musik zu entwickeln? Warum sie mir meinen leiblichen Vater zum Geheimnis machten, wusste ich nicht, und wenn ich nun plötzlich anfing nach ihm zu fragen, war das vielleicht wie ein Funke, der in einen Heuhaufen flog. Also wartete ich geduldig, im tiefsten Innern fand ich jedoch keine Ruhe, bis ich schließlich glaubte, dass der richtige Moment jetzt gekommen war.

»Mom, du hast mir nie gesagt, was mit meinem Vater los ist«, begann ich ganz harmlos meine Ermittlungen.

Sie war gerade damit beschäftigt, Bettlaken aus der Waschmaschine zu ziehen und im Wäschetrockner zu verstauen. Dad war weg. Dany spielte bei eisigen Temperaturen mit den Zierbechers hinter dem Haus.

Mom tat als hätte sie meine Bemerkung gar nicht gehört, also stellte ich ihr eine direkte und unmissverständliche Frage.

»Mom, wer ist mein Vater?«

Sie richtete sich auf und sah mich an. Die Blicke aus ihren dunklen und sonst so warmen Augen trafen mich wie Blitze aus Eis.

»Was genau willst du über ihn wissen, Josh?«

»Ich weiß nicht mal seinen Namen.«

Für ein paar Sekunden wiegte sie den Kopf hin und her, als ob sie ihre Gedanken dadurch in die Balance bringen könnte. Erst als sie damit fertig war, sagte sie mir seinen Namen. Zum ersten Mal in meinem Leben hörte ich ihn und es klang, als klatschte sie ihn mir aufs Ohr.

»Herb!«

»Herb?«

»Herbert Baxter.«

War es das? Mom wich meinem Blick aus, holte die restlichen Bettlaken aus der Waschmaschine und stopfte sie in den Trockner. Dann machte sie die Tür zu, drehte sich um und verließ die Gerätekammer. Ich folgte ihr ins Wohnzimmer und sie setzte sich aufs Sofa und ich setzte mich verkehrt auf einen Stuhl, verschränkte die Arme über der Lehne und legte das Kinn auf sie. So verharrte ich und während ich sie anblickte, ahnte ich, dass sie jetzt bereit war, auf meine Fragen Antworten zu geben, aber ich ließ sie warten.

Sie lachte auf, als hätte sie erraten, was in diesem Moment in meinem Kopf abging.

»Ich habe dir nie von ihm erzählt, weil es nichts über ihn zu erzählen gibt«, sagte sie schließlich.

Ich schwieg. Sah sie nur an. Herb Baxter war mein Vater. Genügte ihr das nicht, um mit mir über ihn zu reden. Baxter, Herbert. Ich hatte mir meinen Vater manchmal vor dem Einschlafen ausgedacht. Mit ganz anderem Namen. Und nie sah er so aus wie einer der vielen anderen, die in meiner Fantasiewelt auftauchten, als kämen sie alle direkt aus einer Spielkonsole. Ich suchte nach einem Bild von ihm, den Hauch einer Erinnerung. Aber da war nichts, außer den Typen die mir einfielen und von denen ich jeden gern genommen hätte, wenn auch nur um einen leeren Platz in meinem Herzen auszufüllen. Klingt echt blöd, nicht? Hatte ich denn nicht schon einen, der mich liebte, so, wie ich ihn liebte? Mein Vater war Greg, der Mann meiner Mutter und der Vater meines Bruders und meiner noch nicht geborenen Babyschwester. Wir trugen alle seinen Namen, auch ich, denn ich gehörte zu unserer kleinen Familie.

»Seinen Namen habe ich dir gesagt, Josh. Was willst du sonst noch wissen?«, hörte ich meine Mutter fragen.

Äußerlich versuchte ich, ganz ruhig zu wirken, obwohl ich selbst sehr gut merkte, wie aufgewühlt ich im Innern war.

»Vielleicht will er wissen, wo ich geblieben bin.«

»Will er nicht.«

»Sagst du.«

»Ich kenne ihn. Verlange von mir lieber nicht, deutlicher zu werden, mein Sohn, ich werde es nicht tun. Das habe ich mir geschworen.«

Noch während sie sprach, poppte in meinem Kopf die nächste Frage auf.

»Wovor fürchtest du dich, Mom? Mich an ihn zu verlieren?«

»Quatsch!« Sie lachte auf. »Du gehörst zu uns, das weißt du. Dad ist zwar nicht dein Vater, aber er liebt dich, als wärst du unser Sohn.«

»Mom, was ist mit Herb Baxter?«, beharrte ich. »Ich habe im Vorbeigehen ein paar Worte aufgeschnappt, als du mit Dad über ihn gesprochen hast. Ich weiß nicht einmal mit Sicherheit, dass ihr über ihn gesprochen habt, aber ich denke, es kann sich dabei nur um ihn gehandelt haben.«

»Was hast du im Vorbeigehen denn gehört, Josh?«

»Dass er bald entlassen wird.«

Sie holte tief Luft und gab sich einen Ruck.

»So ist es. Er war fast zehn Jahre lang im Gefängnis. Nun hat man entschieden, ihn auf freien Fuß zu setzen.«

»Du hast Angst, dass er hierherkommen könnte, nicht wahr?«

»Hast du das im Vorbeigehen auch gehört?«

»Ja. Und Dad hat gefragt, ob er wegen mir hierherkommen könnte. Mom, weiß du noch, was du ihm darauf geantwortet hast?«

»Das weiß ich genau.«

»Was denn?«

Sie zögerte. Suchte nach den Worten.

»Ja. Wegen dir und allem anderen. Das habe ich ihm geantwortet.«

»Und was hast du damit gemeint.«

»Josh, mein Sohn, ist das etwa so was wie ein Verhör?«, sie lachte sich die Worte aus dem Mund, aber ich spürte dadurch nur die Unsicherheit in ihr, die sie nicht einfach mit der Hand wegwischen konnte wie eine lästige Fliege. Ich stellte ihr dieselbe Frage noch einmal.

»Was hast du denn mit allem gemeint, Mom?«

»Das was damals passiert ist, Josh.«

»Was ist passiert?«

»Das sage ich dir nicht.«

»Warum nicht?«

»Ich habe meine Gründe, Josh, und die respektierst du besser.«

»Dann sag mir wenigstens, wofür er seine Strafe bekommen hat.«

Sie presste die Lippen zusammen, und ich sah ihre dunklen Augen hart werden. Sie war noch nicht bereit, mir die Wahrheit über meinen Vater zu sagen und schlecht über ihn zu reden. Also blieb sie bei den Tatsachen. Und die eine Tatsache war, dass sie nicht über ihn reden wollte.

»Zehn Jahre«, sagte ich. »Da muss einer schon einen umgebracht haben.« Ich stand von meinem Stuhl auf und ging zu ihr und küsste sie auf die Stirn. Als ich mich aufrichtete und auf mein Zimmer gehen wollte, hielt sie mich an der Hand fest.

»Es war eine schlimme Zeit damals, Josh. Ganz anders als heute. Die Zeit dir zu sagen, wer dein Vater damals war, ist nicht jetzt, Josh.«

Damit hatte es sich nun wirklich. Ich kannte sie gut genug. Es hätte keinen Sinn gemacht, sie mit Fragen zu löchern. Sie würde den Zeitpunkt bestimmen, an dem ich bereit sein würde, mehr über meinen Vater zu erfahren. Wenigstens wusste ich nun seinen Namen, und vielleicht wäre es dadurch möglich gewesen, mehr über einen Herb Baxter zu erfahren, aber ich war mir nicht sicher, ob ich nicht mehr über ihn herausgefunden hätte, als ich hätte vertragen können. Ich nahm mir deshalb vor, ihn schnell wieder zu vergessen.

4. Der Blizzard

Dann kam Amanda zur Welt. Dienstag. Winter. Und Mom war die glücklichste Frau der Welt, Dad der glücklichste Vater, Dany und ich, wir hielten uns ziemlich raus. Ich meine, Dany hat die Kleine zum ersten Mal gesehen, als sie anderthalb Stunden alt war, noch etwas mitgenommen von den Strapazen, der Gebärmutter zu entschlüpfen.

Als ich von der Schule nach Hause kam, war Amanda schon fast fünf Stunden alt. Mom gab sie mir zum Im-Zimmer-Herumtragen, und dann sagte sie mir etwas, was ich im Moment, während ich mit der Kleinen im Arm im Zimmer herumstolzierte, nicht so richtig verstehen konnte.

»Mit deiner kleinen Schwester ist der Kreis unserer Familie geschlossen, Josh. Jetzt ist kein Platz mehr frei.«

Ich ahnte nicht, wie wichtig ihr das war. Kein Platz mehr für Eindringlinge, wen auch immer sie damit meinte.

In dieser Nacht wachte ich aus einem Albtraum auf. In Schweiß gebadet. Ich hatte Amanda, als sie schon gehen konnte, in einer Menschenmenge aus den Augen verloren. Ich rannte herum wie ein Irrer, fragte die Gesichter, die vor mir auftauchten, nach einem kleinen Mädchen, aber wenn die Gesichter den Mund aufmachten, vernahm ich nur Laute, die sich in meinen Ohren zu einem furchtbaren Geheul vermischten. Im Gewimmel der Menschen tauchte ein Mann auf, der meinen Namen rief. Bloß eine einzige Sekunde lang sah ich ihn, dann war er wieder im Gedränge verschwunden, aber im Traum verstand ich, dass er niemand sonst als mein Vater sein konnte, Herb Baxter. Zum ersten Mal im Leben sah ich ihn und wusste nun, wie er aussah, aber als ich aufwachte, konnte ich ihn nicht zurückholen. So sehr ich mein Gehirn auch zermarterte, er tauchte nicht mehr auf. Ich begriff zwar, dass er mir im Traum begegnet war, aber ich wusste nicht mehr, wie er ausgesehen hatte.

Es war unerträglich heiß in meinem Zimmer. Ich machte das Fenster auf, legte mich aufs Bett und versuchte krampfhaft, alles was in meinem Traum vorgefallen war, noch einmal zu rekonstruieren, aber von meinem Vater blieb nicht mehr als eine vage Silhouette ohne Gesicht und Stimme. Und trotzdem war ich sicher, ihn wiederzuerkennen, sollte er mir begegnen. Ich schlief wieder ein. Als ich das nächste Mal aufwachte, schlotterte ich vor Kälte, die mir bis in die Knochen gekrochen war. Ich zog die Bettdecke über mich, aber nun dauerte es eine Weile, bis ich wieder einschlafen konnte. Am Morgen hatte ich

Halsschmerzen, Schnupfen und Fieber.

In der Schule meldete mich Mom krank. Drei Tage tat ich nichts anderes mehr als im Bett liegen. Sogar TV gucken wurde mir verboten. Außer dem Mittwochspiel. Die Canucks gegen Calgary. Das durfte ich mir vom Sofa aus anschauen, aber ich hielt mehr oder weniger nach meinem Vater Ausschau, obwohl ich nicht einmal wusste, ob er bereits aus dem Gefängnis entlassen worden war. Jedes Mal, wenn die TV-Kamera in die Zuschauer schwenkte und die vielen Gesichter auftauchten, hetzte mein Blick blitzschnell von einem zum anderen. Nein, ich erspähte ihn nirgendwo auf den Rängen der Rogers Arena in Vancouver, aber mir wurde klar, dass ich so schnell wie ich gedacht hatte, ihn nicht aus meinen Sinnen vertreiben konnte.

Ausgerechnet am Tag, als ich die Grippe überstanden hatte und wieder zur Schule sollte, heulte ein später Wintersturm, der hier »Blizzard« genannt wird, durch Northfork. Ein bretterharter Wind rüttelte an allem, was nicht festgemacht war, und trieb den Schnee zu mächtigen Wehen auf, sodass wir sicher sein konnten, unser Haus am nächsten Morgen freischaufeln zu müssen.

Und genau das geschah. Noch bevor es Tag wurde holten Dad und ich die Schaufeln aus dem Vorraum wo unsere Parkas hingen und schön aufgereiht die Winterstiefel standen. Ich öffnete die Haustür, und wir gruben uns im Licht einer Straßenlampe durch die meterhohen Schneemassen einen Pfad zur Straße und einen zur Garage. Wir kamen dabei ganz schön ins Schwitzen, aber nach einer Weile hatten wir so viel Schnee weggeräumt, dass wir das Haus auf der anderen Straßenseite sehen konnten. Die Anfahrt zu unserer Garage war freigeschaufelt, auch wenn nicht damit zu rechnen war, dass wir »Rusty«, Dad's kleinen Pickup, oder Mom's Ford, heute brauchten.

In der Stadt ging ohnehin nichts mehr. Verkehrschaos Downtown. Mehrere Unfälle auf eisglatten Straßen.

Dad hätte in einer leerstehenden Fabrikhalle stählerne Trassen sandstrahlen sollen, damit sie danach mit neuer Farbe beschichtet werden konnten, aber sein Boss hatte angerufen und ihm gesagt, dass die Arbeit wegen der Kälte auf später verlegt würde.

Dad war nicht traurig darüber, aber ich wusste, dass er im Stundenlohn arbeitete und auf das Ende des Monats hin mit einer Einbuße rechnen musste, obwohl wir eh schon knapp bei Kasse waren.

Ein Belag von Restschnee knirschte unter unseren Stiefelsohlen, als wir im ersten Morgengrauen zurück ins Haus gingen. Mom hatte inzwischen Limonade für uns beide gemacht, eisgekühlt und zuckersüß. Nachdem Dad und ich uns der durchgeschwitzten Winterklamotten entledigt hatten, wollten wir uns an den Esstisch setzen, doch Mom bat mich, Dany aus seinem Zimmer zu holen. Sie hatte nach ihm gerufen, aber er reagierte nicht. Dad sagte, dass er das schon machen würde und ich mich derweil an den Tisch setzen sollte. Wir hörten ihn die Treppe hinaufsteigen. Einige der Stufen knarrten leise. Dad rief nach Dany, bekam aber auch keine Antwort. Weder Mom noch ich wären auf die Vermutung gekommen, dass mit Dany etwas nicht in Ordnung sein könnte. Er war ein kleiner Schelm, der uns hin und wieder zum Narren hielt, und auch Dad schien keineswegs in Sorge um Dany zu sein, als er wieder die Treppe herunter kam – ohne meinen kleinen Bruder.

»Dany ist nicht auf seinem Zimmer«, sagte er und wollte sich an den Tisch setzen. »Vielleicht hat er sich hier unten irgendwo versteckt und will uns nur zum Narren halten.«

Ich bemerkte, wie meine Mutter mit Amanda im Arm zum Fenster ging und hinausschaute. Offenbar entdeckte sie keine Spur von Dany. »Josh, schau mal hinten raus, vielleicht spielt er hinter dem Haus.«

»Im Tiefschnee?«, motzte ich, aber ich ging durch den Flur zur geschlossenen Hintertür. Dort hingen die Parkas der ganzen Familie an der Wand, aber ich bemerkte sofort, dass der von Dany fehlte. Auch seine Stiefel standen nicht auf der Gummimatte. Vielleicht hätte ich jetzt nach Dad rufen sollen, aber das tat ich nicht. Stattdessen öffnete ich vorsichtig die Tür, weil ich befürchtete, dass ein bretterharter Nordwestwind während der vergangenen Nacht den Schnee bis unter das Vordach geblasen hatte. Erstaunt stellte ich fest, dass jemand einen schmalen Pfad freigeschaufelt hatte, der zum Waldrand führte. Das konnte eigentlich nur Dany gewesen sein. Jetzt rief ich nach Dad. Er kam sofort zur Hintertür, stieg in seine klobigen Schneestiefel, zog den Parka an und stülpte sich eine Skimütze über den Kopf. Dann lief er hinaus und ich hinter ihm her. Dad rief mehrere Male Danys Namen, und mir war klar, dass er in großer Sorge um den Kleinen war.

Am Waldrand hörte der Pfad auf, aber die Abdrücke von Dannys Stiefeln führten durch den Schnee tiefer in den Wald. Hier lag zwar viel weniger Schnee, und trotzdem war es beinahe unmöglich, sicheren Tritt zu fassen. Ich fing jetzt auch an, nach Dany zu rufen, und ich hörte Moms Stimme vom Haus her. Dad und ich rannten auf Danys Spur bis zu einer kleinen Lichtung. Und da stand er, mit seiner roten Plastikschaufel und der Strickmütze auf dem Kopf. Sein Gesicht war tief gerötet. Als er uns durch die Lichtung kommen sah, wollte er abhauen, aber ich war schneller als Dad und erwischte ihn am Kragen, bevor er in einem Gewirr von Bäumen und Unterholz verschwinden konnte.

Er wehrte sich nicht, als ich ihn mitschleifte und Dad übergab, der sich zu ihm niederbeugte, »Dany, was machst du bei dieser Kälte allein hier draußen?«

Er zeigte zu einem Baum hinüber.

»Ich wollte Elvin ausgraben.«

»Elvin ausgraben? Dany, du hast ihm doch eine Erdhöhle gebaut, in der er den Winterschlaf halten kann.«

»Das stimmt. Aber ich vermisse ihn, Dad. Manchmal wache ich mitten in der Nacht auf und denke daran, dass ich ihn wieder ins Haus holen sollte.«

»Dany, Elvin ist hier draußen prima aufgehoben. Komm, wir gehen nach Hause. Hörst du denn nicht deine Mutter rufen? Und Josh und ich, wir haben die ganze Zeit deinen Namen gerufen?«

»Ich habe es gehört.«

»Gut, dann gehen wir jetzt nach Hause.«

»Ich will aber nicht nach Hause.«

»Dany, es ist so furchtbar kalt, dass dein Hirn im Kopf einfriert und du nicht einmal mehr den Weg zurückfindest.«

Ich beobachtete Dany, sah, wie er mit ruckartigen Kopfbewegungen um sich schaute und sich dabei auf der Stelle drehte.

»Dany, wo hast du denn Elvins Höhle gegraben.«

Er stand still. Sah mich an. »Weiß ich nicht mehr…«

»Du erinnerst dich nicht mehr, wo du Elvin vergraben hast?«

»Ich habe ihn nicht vergraben. Ich habe ihm eine

Höhle gebaut. Er ist freiwillig…«

»Siehst du, dein Gehirn ist schon jetzt halb eingefroren.« Dad packte ihn, hob ihn auf und legte ihn sich quer über die Schultern. Dany wehrte sich nicht, aber er streckte mir die Zunge heraus. »Wie ein Mehlsack«, rief er mir zu. Ich tat, als hätte ich es nicht gehört, warf noch einen Blick zurück zu der Stelle, wo Dany gestanden hatte, und für einen Moment stockte das Blut in meinen Adern.

Im düsteren Zwielicht bemerkte ich die Silhouette einer Gestalt, und mir war auf einen Schlag klar, dass es sich um die gesichtslose Silhouette des Mannes handelte, der mir im Traum begegnet war. Nur einen Augenblick lang sah ich sie, dann war sie vom Erdboden verschwunden. Ich stand da und spürte, wie mein Herz raste. Ich schaute mich nach Dad um. Er war mit meinem Bruder auf dem Rücken weitergegangen und hatte nichts bemerkt. Er rief Mom zu, dass wir Dany gefunden hätten. Zuerst wollte ich ihm hinterherlaufen, aber meine Füße gehorchten mir nicht. Langsam ging ich in unseren Spuren zur Lichtung zurück, durchquerte sie und ging durch den tiefen Schnee auf die Stelle zu, wo die Gestalt gestanden haben musste.

Dad rief nach mir, aber ich ging weiter, suchte nach Spuren des Mannes aus meinem Traum. Dabei spürte ich die Angst in mir, dass sie plötzlich hinter einem der Bäume hervortreten könnte und blieb schließlich stehen.

Keine Spuren im Schnee. Kein Laut von irgendwoher. Kein Atemhauch in der Stille der glitzernden Luft.

»Ist hier jemand?«, hörte ich mich leise fragen. »Ist hier jemand?«

Ich bekam keine Antwort. Da drehte ich mich um und lief, so schnell ich nur konnte, zwischen den Bäumen hindurch über die Lichtung und zurück zum Haus.

In der offenen Hintertür stand Mom. Den Blick aus ihren dunklen Augen vergesse ich nie mehr.

»Warum bist du noch einmal zurückgegangen, Josh?«, fragte sie mit seltsam klirrender Stimme.

»Ich dachte, Dany hätte seine Schaufel liegen lassen«, log ich sie an.

Ihr Blick durchbohrte mich.

»Josh, die hat Dany nie aus der Hand gegeben.«

»Ich dachte, er hätte sie liegen gelassen«, versuchte ich mich herauszureden, aber sie ließ nicht locker.

»Josh, hast du dort draußen im Wald jemanden gesehen?«

Ich schüttelte den Kopf.

»Es ist noch nicht einmal richtig Tag. Und bei dieser Kälte ist niemand dort draußen außer dem Bären meines kleinen Bruders«, gab ich ihr lachend zurück. »Wer sonst sollte sich im Wald herumtreiben, Mom?«

»Ein Mann«, entfuhr es ihr.

Es war für mich nicht leicht, ihrem Blick standzuhalten, aber ich schaffte es.

»Ein Mann?«

Sie nickte und blickte zum Waldrand hinüber.

»Dein Vater«, sagte sie so leise, dass Dad sie im Haus nicht hören konnte. Ich hörte ihn und Dany lachen, dann ging der Fernseher an. Tom und Jerry. Damit würde wenigstens mein kleiner Bruder auf andere Gedanken kommen. Aber was war mit mir. Fing ich an durchzudrehen? Konnte ein Traum zur Wirklichkeit werden.

»Ist Baxter denn nicht mehr im Gefängnis, Mom?«

»Ich habe das offizielle Schreiben zu seiner Entlassung gestern erhalten. Er ist seit einer Woche auf freiem Fuß.«

Jetzt gab mir Mom die Tür frei. Schnell trat ich ins Haus, und sie riegelte die Tür hinter mir ab.

»Ich will, dass die Hintertür immer zugesperrt ist, Josh«, sagte sie. »Tag und Nacht, hörst du? Tag und Nacht!«

»Okay, Mom«, versprach ich ihr, während ich die Stiefel auszog und auf die Matte stellte, wo sich unter den Stiefeln von Dad und von Dany bereits eine Lache von Schmelzwasser gebildet hatte. Ich nahm mir vor, immer daran zu denken, obwohl dies schwierig werden würde, da bei uns die Hintertür bisher nur dann abgeschlossen worden war, wenn sich niemand im Haus befand, oder wenn wir für ein Wochenende zur Horseshoe Bend hinausfuhren, wo Großvater in seiner entlegenen Hütte lebte.

Mom zeigte zwar nie einem von uns, dass sie sich furchtbare Sorgen um Dany machte, aber als Dad einmal vergaß, die hintere Tür zu verriegeln, drehte sie durch. Obwohl ich am PC saß und die Kopfhörer trug, und trotz der Schallisolierung, hörte ich, wie sie Dad anschrie.

Ich nahm die Kopfhörer ab, ging zur Tür und öffnete sie einen Spalt. Dad war dabei sich zu wehren, indem er ihr erklärte, er sei nicht einmal eine Minute draußen gewesen. »Ich habe kurz zuvor nur einen Lachs aus der Tiefkühltruhe geholt«, entschuldigte er sich, um Mom zu beruhigen, aber das ging schief.

»Habe ich dich und Josh nicht gebeten, dass ihr die Tür zusperren sollt?«, schrie sie.

»Nancy, du glaubst doch nicht, dass irgendwas ...«

»Darum geht es nicht!«, fiel sie ihm heftig ins Wort. »Du und Josh, ihr sollt euch angewöhnen, die Türen dieses Hauses zuzumachen und abzusperren, egal wie lange ihr draußen oder drin bleibt! Raus, absperren! Rein, absperren. Ist das denn so schwer zu verstehen, Greg!«

Ich verließ mein Zimmer und ging die Treppe hinunter. Sie standen sich unten im Wohnzimmer gegenüber wie zwei Kampfhähne, Dad bolzengerade und Mom nach vorn gebeugt.

»Das darf nie wieder passieren«, zischte sie ihn an. »Nie wieder, hörst du!«

Dad schüttelte sich wie ein nasser Hund.

Ich ging an der offenen Wohnzimmertür vorbei in die Küche. Dort lag der tiefgefrorene Fisch auf der Anrichte. Ich warf einen Blick aus dem Fenster. Es schneite leicht. Im Neuschnee auf dem Pfad von der Straße bis zur Haustür fielen mir frische Spuren auf, Abdrucke großer Schneestiefel, die von der Straße zum Haus führten und wieder zur Straße zurück. Niemand war zu sehen, aber wer immer zur Haustür gekommen war, mochte die wütende Stimme Mamas gehört haben, und war, ohne die Hausglocke zu betätigen, wieder abgehauen.

Merkwürdig, dass mir sofort mein Vater einfiel. Fußspuren im Schnee lösten auch schon in meinem Kopf den Alarm aus. Hatte ich mich von Moms Angst, dass Herb Baxter auf freiem Fuß eine Gefahr für uns alle darstellte, anstecken lassen? Ich nahm mir vor, einen kühlen Kopf zu bewahren, holte eine Dose Cola aus dem Kühlschrank und wollte wieder auf mein Zimmer gehen, da sah ich Mom und Dad im Flur stehen. Dad hatte beide Arme um Mom gelegt. Sie drückte ihren Kopf an seine Brust und weinte. Ich wollte mich an ihnen vorbeischleichen, aber das gelang mir nicht.

»Josh!«

Ich blieb stehen. Dad sah mich an.

»Josh, die Hintertür bleibt von nun an abgesperrt. Wenn du das Haus verlassen willst, benütze bitte die Eingangstür.«

Er ließ Mom jetzt los. Tränen liefen über ihre Wangen. Ich bemerkte, dass ihre Hände stark zitterten. Ich reichte ihr die Coladose. Sie trank einen Schluck. Und einen zweiten. Dann gab sie mir die Dose zurück. Ihre Hand zitterte nicht mehr. Cola ist möglicherweise für alles gut, dachte ich, auch für verzweifelte Mütter.

»Was ist los?«, fragte ich, ohne sie oder ihn direkt anzusehen.

»Deine Mutter fürchtet, dass euch etwas zustoßen könnte.« Dad's Stimme klang ruhig. Es schien, als hätte er sich zuerst ganz genau überlegt, was er mir sagte. »Du weißt, dass dein Vater aus dem Gefängnis entlassen wurde, nicht wahr?«

»Okay, und was ist daran so schlimm, dass wir uns in diesem Haus verbarrikadieren müssen.«

»Dein Vater könnte hierherkommen, Josh.«

Ich zuckte mit den Schultern. »Warum sollte er? Er hat hier nichts verloren.«

»Das ist zwar auch meine Meinung, Josh, und trotzdem ist es vielleicht besser, wenn die Hintertür zugesperrt bleibt.«

»Und wenn jemand hinaus muss, um im Schuppen etwas zu holen, einen tiefgekühlten Lachs zum

Beispiel?«, grinste ich schräg.

»Dann musst du vorne raus und um das Haus rum, Josh«, lachte Dad. Merkwürdig, wie gut wir uns auch in diesem Moment verstanden. Wahrscheinlich konnten wir uns gar nicht vorstellen, dass die Freilassung von Herbert Baxter irgendetwas mit unserer Familie zu tun haben könnte. Baxter war all die Jahre lang kein echtes Thema gewesen. Und jetzt trampelte er schon in unserem Haus herum, als wäre er nur freigelassen worden, um in unseren Köpfen ein Chaos anzurichten. Ich wehrte mich dagegen, und das tat auch Dad, weil ein Herbert Baxter für uns beide nie existiert hatte. Nur Mom kannte ihn und wusste, wer er war. Zu gerne hätte ich von ihr erfahren, warum sie ihn fürchtete und warum sie sich mit dem Gedanken quälte, dass er hierherkommen könnte. Da fielen mir auch schon wieder die Fußstapfen ein, die ich auf dem Weg zu unserer Haustür gesehen hatte.

Ich ging auf mein Zimmer, holte mein Handy und verließ das Haus. Die Abdrücke der Stiefel waren noch gut sichtbar, obwohl ein paar Schneeflocken sich auf ihnen abgesetzt hatten. Kurz fotografierte ich einige der Abdrücke und als ich mich aufrichtete, sah ich im Küchenfenster das Gesicht meiner Mutter.

Sie winkte mir und bedeutete mir, ins Haus zu kommen. Sie war dabei, die Anrichte abzuwischen. Der Lachs lag in einem Plastikbecken. Sein Schwanz ragte über den Beckenrand hinaus.

»Sina war hier«, erklärte sie mit einem Schmunzeln. »Die Fußstapfen draußen sind von ihr. Sie hat etwas für dich abgegeben und ist dann sofort wieder weggegangen.«

»Mom, die Spuren draußen können unmöglich von Sina sein.«

»Die Karten liegen dort drüben, Josh. Neben dem Toaster.«

Auf einem blauen Umschlag stand mein Name: *Für Josh – von Sina*, mit einem Silberstift geschrieben. Ich nahm den Umschlag, warf meiner Mutter einen Blick zu und wollte die Küche verlassen, um in mein Zimmer zurückzukehren.

»Josh.«

Ich blieb stehen.

»Josh, deine Freundin hat große Füße. Das ist mir aufgefallen, als sie durchs Fenster gesehen habe. Als ich zur Tür ging und ihr aufmachen wollte, war sie schon wieder weg.«

Ich wollte ihr zuerst sagen, dass Sina keine großen Füße hatte, aber ich ließ es lieber bleiben. Manchmal habe ich einfach keine Lust mehr, mich auf lange Gespräche einzulassen.

Keine Ahnung, was das bedeutete. Vielleicht war es das Hüttenfieber, das mich beutelte, obwohl ich im Gegensatz zu meinem kleinen Bruder lieber drin war als draußen. Es konnte aber auch etwas damit zu tun haben, dass ich zu oft an Dinge dachte, mit denen ich eigentlich nichts anzufangen wusste, weil sie nicht in meine Pläne passten. Also ging ich die Treppe hinauf und verschwand in meinem Zimmer.

Mein Leben sollte ganz normal weitergehen, obwohl ich seit einiger Zeit das Gefühl hatte, dass in unserm Haus nichts mehr normal war, nicht einmal mehr das, was in meinem Kopf abging.

5. Sina

Den einzigen Freund, den ich in Northfork habe, ist Sina. Ja, ich gebe es zu, Sina ist ein Mädchen, aber vor allem ist sie für mich wie ein guter Freund, und nur manchmal auch ein bisschen meine Freundin. Ich kann nicht sagen, dass wir unzertrennlich sind. Sie geht ihren Weg, ich den meinen. Obwohl wir gleich alt sind, sie hatte im Januar Geburtstag, ich im März, ist Sina schon in der High School.

Hin und wieder kam sie zu uns und hörte mir zu, wenn ich meine Beats produzierte. Ja, ich war ein echter Produzent. Mein Name ein anderer als mein richtiger Name. Ich nannte mich »Lil' Mo«. Das ist meine Signatur auf den Hip-Hop Songs. Mo steht für Mozart, Lil' für Little. Sina tanzte gern zu meiner Musik, hüpfte in meinem Zimmer auf und ab, und manchmal fing sie aus dem Stegreif an zu rappen, rappte über Dinge, über die ich noch nie einen Rapper rappen gehört hatte, und war das glücklichste Mädchen auf der Welt, obwohl sie das bestimmt nicht war.

Sie lebte bei ihren Großeltern, weil sie ihren Vater bei einem Unfall verloren und ihre Mutter sie verlassen hatte, als sie noch nicht einmal fünf Jahre alt gewesen war.

Weshalb wir so richtig super zusammenpassten, obwohl wir doch so verschieden waren, kann ich heute noch nicht sagen. Wir hatten uns nie darauf eingeschworen, immer füreinander da zu sein, selbst wenn das Schicksal uns einmal trennen sollte.

Übrigens hat sie keine großen Füße, wie das meine Mutter meinte, aber am Tag, als sie mir die Karten brachte, trug sie die Schneestiefel ihres Großvaters, da ihr kleiner Hund einen der ihrigen verschleppt und den zweiten angefressen hatte.

Das sagte sie mir, als ich sie anrief, um mich für die beiden Eintrittskarten zu einem Konzert eines kanadischen Rappers zu bedanken.

»Ist dein Geburtstagsgeschenk, Joshua«, lachte sie.

»Mein Geburtstag ist im Frühling, Sina.«

»Dann mach die Augen zu und denk es ist Frühling.«

»Elvin würde aus seinem Winterschlaf erwachen und im Schnee herumirren. Dany hat ihn irgendwo im Wald vergraben.«

»Elvin könnte sich ins Haus schleichen und in Danys Bett schlafen.«

»Elvin käme nicht weiter als bis zur Hintertür. Und die ist auf Geheiß meiner Mutter zugesperrt.«

»Auf Geheiß deiner Mutter? Wovor fürchtet sie sich? Vor dem Schneemonster?«

Ich hätte ihr jetzt sagen können, dass mein Vater

aus dem Gefängnis entlassen worden war, aber sie wusste nicht einmal, dass ich einen anderen Vater hatte als Greg, den Mann meiner Mutter. Ich hatte mit ihr nie über diese Dinge gesprochen, nicht einmal, als sie mir erzählte, dass ihre Mutter und ihr Vater in einem Krisengebiet in Afrika ums Leben gekommen waren. Auf dem Weg in ein Lazarett, in dem sie beide von der Organisation »Ärzte ohne Grenzen« eingesetzt waren, wurde ihr Militärjeep von Rebellen überfallen und sie beide getötet. Ich hatte ihr zugehört und dabei mit dem Gedanken gerungen, ihr auch von meinem eigenen Schicksal zu erzählen, aber ich hatte geschwiegen. Dabei war ich sicher, dass ich ihr hätte vertrauen können und Sina mein Geheimnis an niemanden verraten hätte. Auch dieses Mal hütete ich meine Zunge. Um das Thema zu wechseln, begann sie über das Konzert zu reden, auf das wir uns beide freuten. Es sollte in zwei Wochen stattfinden, und zwar im »Loose Goose«, einer Tanzhalle, die früher zu einer Brauerei gehört hatte. Es gab zwei Restaurants und eine Bar, und eben die Tanzhalle mit der großen Bühne.

An Freitagabenden war dort die Hölle los. Der Boden unter unseren Füssen, obwohl aus Beton, schien zu beben. Wir hopsten wie verrückt gewordene Affen im Saal herum und ließen uns den Kopf von der Musik volldröhnen. Das war auch an diesem Freitag nicht anders, als Sina und ich uns bei ihr zu Hause trafen. Ihr Hund, ein winziger Rehpinscher, lag in seinem Körbchen. Großvater und Großmutter saßen vor der Riesenglotze und schauten fern. Wirklich fern. Doku über den Grand Canyon in Arizona, und wie er entstanden war.

»Sowas solltet ihr euch mal anschauen«, sagte Sinas Großvater, ein ehemaliger Holzfäller, dem ein fallender Baum das linke Knie zertrümmert hatte. Mit seinem Stock zeigte er auf den Bildschirm. »In den Felsen dieser Schlucht ist die ganze Entstehungsgeschichte unserer Welt festgehalten, sozusagen wie ein Tagebuch. Da würde ich gern mal hingehen und die versteinerten Einzeller sehen, keiner größer als ein Stecknadelkopf.«

»Vergiss nicht, eine Brille mitzunehmen«, lachte Sina, während sie ihren Parka anzog. Draußen schneite es leicht. »Willst du mitkommen und dein Tanzbein schwingen?«

»Zu welcher Musik?«

»Hip Hop.«

»Hip Hop. Das ist doch keine Musik, Kinder. Früher, da war...«

»Elvis, ich weiß«, unterbrach sie ihn mit einem Schmunzeln. »Elvis lebt und kommt bestimmt auch noch mal nach Northfork.« Sinas Großmutter kam mit uns zur Tür und steckte Sina zwanzig Dollar zu. »Damit ihr vor lauter Hiphoppen nicht verhungert«, flüsterte sie mit einem Augenzwinkern. »Übrigens, dein Großvater war in jungen Jahren ein wilder Tänzer, mein Liebes. Und ausdauernd. Vom Abend bis zum Morgen. Rock'n'Roll.« In ihren Augen leuchteten Erinnerungen auf, die mit unserer Welt nicht mehr viel zu tun hatten. »Der Spitzname deines Großvaters war »The Lung«. Niemand hatte eine stärkere Lunge als er, und auch heute noch kann er eine Nacht durchtanzen, bis die Sonne aufgeht.«

»Großmutter, du bist noch immer verliebt in ihn wie damals, nicht wahr?«

»Mehr«, flüsterte sie Sina ins Ohr. »Pass auf dich auf, meine Kleine.«

Auf dem Weg zur »Loose Goose« hüpften wir zum Aufwärmen auf der frisch verschneiten Straße herum, rempelten uns gegenseitig an und warfen die Hände hoch und versuchten Schneeflocken mit dem Mund aufzufangen. Niemand beachtete uns, denn es war für niemanden etwas Außergewöhnliches, wenn zwei junge Leute schon auf dem Weg zur Loose Goose durchdrehten. Würde ich einmal an diesen Abend zurückdenken, wenn ich selbst alt war und von meinen Erinnerungen zehrte? Das fragte ich Sina, und sie blieb stehen, und wir umarmten uns, und sie gab mir einen Kuss. Es war der erste.

»Jetzt werden wir immer an diesen Abend denken«, scherzte ich. »Auch wenn wir beide alt sind und zusammen vor dem Fernseher hocken und uns

Dokus anschauen.«

Mehr war da nicht. Ich denke, wir waren wie zwei Kids, die noch nicht so recht wussten, was sie miteinander anfangen sollten, aber dieser erste Kuss war wenigstens ein Start. Und darüber waren wir wohl beide sehr glücklich, als wir durch das Licht der Straßenlampen tanzten und versuchten, einige der durcheinanderwirbelnden Schneeflocken mit dem Mund aufzufangen.

Lange nach Mitternacht verließen wir die »Loose Goose«-Halle. Es schneite nun nicht mehr, aber die letzten Feuchtigkeitsrestchen waren in der Luft gefroren und funkelten, als hätten die Sterne am Nachthimmel über Northfork Glitzerstaub ausgestreut.

Wir waren beide noch ziemlich aufgedreht, aber Sina hatte ihren Großeltern versprochen um Mitternacht zu Hause zu sein und ich hatte auch keinen Bock, mir auf irgendeiner Party den Rest der Nacht ohne Sina um die Ohren zu schlagen.

Auf den Straßen war nichts mehr los. Selbst der Broadway, wo sonst immer was abging, schien ausgestorben, geisterhaft unecht.

Wir waren nicht ganz allein auf der Straße. Ein paar andere Mädchen und Jungs verschwanden in der schmalen Häuserlücke beim uralten »Apollo«-Movie-Theater. Sina schien zu spüren, dass etwas nicht mehr stimmte. Wahrscheinlich hatte sie bemerkt, dass ich in Gedanken versunken nicht mehr nur für sie da war.

An der Kreuzung, wo wir den Broadway überqueren mussten, waren die gelben Ampellichter in alle Richtungen auf Blinken eingestellt. Unendlich langsam, fast wie in Zeitlupe, fuhr Taxi vorbei und bog in die 22. Straße ein. Von hier aus waren es noch etwa drei Kilometer bis zum Haus ihrer Großeltern und etwa fünf Kilometer bis zu unsrem Haus, da merkte ich plötzlich, dass uns jemand folgte. Wieso ich das merkte, kann ich auch heute nicht mit Bestimmtheit sagen, aber das Gefühl, das mich plötzlich packte und nicht mehr losließ, brachte mein Herz zum Poltern. Ich sah mich schnell um, aber die Kreuzung war leer, nirgendwo ein Mensch zu sehen und das Taxi längst verschwunden. Um mich selbst zu beruhigen und Sina abzulenken, nahm ich Schnee von einem Haufen, der hier im Laufe des Winters durch die Schneeräummaschinen aufgeworfen worden war, rannte über die Straße, drehte mich mitten im Lauf um und warf Sina den Schneeball entgegen. Sie duckte sich und rannte im nächsten Moment auf mich zu, beide Arme ausgebreitet. Wir fielen uns in die Arme aber ich war nicht mehr ganz bei der Sache, denn meine Augen erspähten an der Ecke 22. Straße und Broadway einen Mann, den ich sofort erkannte, obwohl er eine Mütze trug und ein

Schatten über einer Hälfte seines Gesichtes lag.

Dort drüben, etwa zwanzig Meter weit von mir entfernt, stand mein Vater. Noch nie zuvor hatte ich ihn gesehen. Es gab in unserem Haus kein Foto von ihm. Mutter hatte ihn mir nie beschrieben und ich war ihm sicher nie mehr begegnet, seit ich ein kleines Kind gewesen war, nicht älter als unser Dany jetzt.

Bloß in meinem Albtraum war er plötzlich aufgetaucht, aber in diesem einen Augenblick war das Fantasiebild von ihm in meinem Kopf ausradiert, denn er stand nun in Wirklichkeit auf der anderen Straßenseite, im glitzernden Licht einer Lampe. Jetzt, in diesem Augenblick wirbelten mir die Fragen durch den Kopf, die ich mir schon einige Male gestellt hatte. Es geschah aber nichts von dem, was ich mir als Antworten auf diese Fragen ausgedacht hatte. Obwohl ich für einen Moment ziemlich unsicher war, was ich als Nächstes tun sollte, trieb mich eine Stimme, ihm auf der Stelle zuzurufen, dass er hier in Northfork nichts verloren hatte.

Ein paar Sekunden zögerte ich, bevor ich mich abrupt aus Sinas Umarmung löste. Sie merkte sofort, was los war, schaute über ihre Schulter zurück hinüber zu dem Mann auf der anderen Straßenseite.

»Wer ist er?«, fragte sie mit angehaltenem Atem. »Einer den du kennst?«

Ich nickte. Fast hätte ich ihr gesagt, dass dort drüben mein Vater stand, aber diese Worte wollten mir nicht über die Lippen.

»Bleib bitte hier, Sina«, sagte ich stattdessen und ging los, bevor sie mir darauf etwas erwidern konnte. Ich kann nicht mehr sagen, welcher Teufel mich geritten hatte, aber ich ging nicht so wie ich gewöhnlich ging, sondern ich marschierte mit ausladenden Schritten so schnell über die Kreuzung, dass er mir nicht hätte entkommen können, selbst wenn er versucht hätte, mir davonzulaufen.

Er stand jedoch still, erwartete mich mit einem Lächeln in seinem blassen Gesicht und mit Augen, die mir wie aus Löchern heraus entgegenstarrten und mich wie magisch anzogen. Nein, ich hatte keine Angst vor ihm und er nicht vor mir. Erst als ich bis auf einen Schritt an ihn herangekommen war, blieb ich stehen, begegnete seinem Blick und sagte ihm, dass ich wusste, wer er war.

Er lachte leise auf.

»Dein Vater«, sagte er so leicht, als wäre er nur gerade mal zwei oder drei Tage lang weggewesen. Mit einer Kopfbewegung zeigte er in die Richtung zur Stelle hinüber, wo Sina auf mich wartete.

»Deine Freundin?«, fragte er.

Ich spürte, wie sich meine Hände zu Fäusten ballten.

»Niemand hier will, dass du hier bist«, stieß ich hervor.

Noch einmal lachte er auf, dieses Mal etwas lauter.

»Ich bin nach Northfork gekommen, um dich zu sehen, Josh.«

»Einfach so? Nach mehr als zehn Jahren?«, entgegnete ich ihm.

»Die ich im Knast verbracht habe.«

»Und was willst du von mir?«

»Nichts. Ich wollte nur mal sehen, wie es dir und deiner Mutter geht.«

»Gut!«, schnappte ich. »Uns geht es gut!«

»Gut, Joshua. Es freut mich, das zu hören. Und der alte Mann? Lebt er noch?«

Ich wusste nicht, wen er meinte. Er lachte wieder. Dieses Mal anders. Er glaubte wohl, das Eis zwischen uns wäre gebrochen. »Mein Schwiegervater«, sagte er. »Der alte Mann war der einzige, der mich im Knast besucht hat. Das letzte Mal vor etwa zwei Jahren.«

»Willst du mir jetzt etwa deine Lebensgeschichte erzählen?«

Er hob die Schultern an und vergrub die Hände tief in den Taschen eines langen dunklen Mantels. Hier in Northfork trugen die Leute keine Mäntel. Northfork war eine Jackenstadt.

»Zehn Jahre Knast sind eine halbe Ewigkeit«, sagte er. »Es gäbe viel zu erzählen.«

»Versuchs beim lokalen Radiosender. Die sind begeistert, wenn ein Sträfling den Leuten sagt, was bei ihm in der Kindheit alles schiefgelaufen ist.«

»Du glaubst es wahrscheinlich nicht, Josh, aber ich kann nicht über meine Kindheit jammern, denn ich hatte einen zuverlässigen Vater und eine liebevolle Mutter.«

»Gut für dich!«, erwiderte ich ihm ziemlich zerknirscht.

Er blieb gelassen, blickte zu Sina hinüber.

»Kennt sie den alten Mann?«

»Nein, dort draußen an der Horseshoe…« Ich stockte. »Warum soll ich dir überhaupt noch was sagen? Es wäre besser für uns alle, wenn du wieder aus Northfork verschwindest. Hier ist kein Platz für dich. Nirgendwo.«

Er nickte.

»Er wohnt also noch immer in seiner Hütte am Fluss. Davon hat er mir einige Male erzählt. Kein Telefon dort draußen. Ziemlich abgelegene Gegend. Sag mal, siehst du ihn hin und wieder?«

»Selten. Warum fragst du nach ihm?«

»Der alte Mann ist der einzige, der mir geglaubt hat, Josh.«

»Ich will nichts davon wissen!«

»Du hast mich eben gefragt.«

»Gut, ich weiß jetzt die Antwort. Du kannst also gleich wieder aus Northfork verschwinden.«

»Wohin soll ich denn?«

»Keine Ahnung. Woanders hin.«

Er sah mich an. Sagte kein Wort. Sah mir in die Augen. »Deine Augen hast du von mir, Josh, und das Gesicht von deiner Mutter. Das passt alles gut zusammen.« Schon wieder warf er einen Blick über die Straße, wo Sina auf mich wartete. »Wie heißt deine Freundin?«

Ich zögerte einen Moment, dann sagte ich ihm ihren Namen.

»Sina.«

»Sie wird ungeduldig, Josh. Du solltest sie nicht allein dort drüben stehen lassen.«

Ohne ein weiteres Wort zu sagen, drehte er sich um und ging davon. Im ersten Moment wollte ich ihm hinterherlaufen und ihm sagen, dass ich ihn nie mehr sehen wollte, aber ich blieb stehen, denn meine Beine gehorchten mir nicht.

Ein Schneepflug mit Ketten an den Rädern fuhr die Straße entlang und wälzte Schnee zum Straßenrand. Das kreiselnde Warnlicht traf Baxter, dann mich. Ich hörte Sina nach mir rufen. Da drehte ich mich um und lief über die Straße zu ihr zurück.

»Komm, wir gehen nach Hause«, schnappte ich im Vorbeigehen. Sie holte mich schnell ein und hielt mich am Arm zurück.

»Wer ist er, Joshua? Ich glaube nicht, dass ich ihm schon einmal begegnet bin.«

Ich lachte auf.

»Ich auch nicht.«

»Aber du kennst ihn?«

»Nicht sehr gut.«

»Wer ist er?«

»Mein Vater.«

»Oh«, sie stolperte über ihre Füße und es gelang mir sie vor einem Sturz zu bewahren. Für den Rest des Weges bis zu ihrem Haus hielten wir uns aneinander fest. Sie stellte mir keine einzige Frage, und dafür war ich ihr dankbar. Irgendwann würde ich ihr sicher erzählen, was für mich das Wiedersehen mit meinem Vater bedeutete, aber im Moment wusste ich das selbst noch nicht. Ich hatte überhaupt keine Ahnung von dem, was noch auf uns zukam, und als ich von ihrem Haus aus allein nach Hause ging, drehte ich mich immer wieder um und blickte zurück. Auf der Straße war niemand mehr zu sehen, aber die Angst, die in mir aufkeimte, ließ mir auf dem Rest des Weges keine Ruhe mehr. Weil ich nicht sicher war, ob mir mein Vater heimlich folgte oder nicht, fing ich an zu laufen.

Früh am Morgen, als es draußen noch dunkel war, lag ich wach im Bett. Mein Handy klingelte. Ich warf einen Blick auf das Display. Keine gespeicherte Nummer. Ohne mir etwas dabei zu denken, hob ich ab.

»Josh, ich bin's, dein Vater.«

Für einen Moment funktionierte bei mir nichts

mehr. Ich verschluckte meinen Atem und hustete ins Telefon.

»Josh, bist du krank?«

»Nein.«

»Also gut, Josh. Dann könnten wir uns treffen. Es ist Samstag. Keine Schule.«

»Ich muss auf Dany aufpassen.«

»Als Babysitter?«

»Dany ist kein Baby mehr.«

»Ich weiß. Ich habe ihn gesehen. Josh, ich würde gern mit dir reden.«

»Worüber? Ich will nicht wissen, was damals passiert ist. Ich will überhaupt nichts wissen. Wie kommst du überhaupt an meine Handynummer?«

»Ich habe deine Schule angerufen. Eine Sekretärin, sehr nett und hilfsbereit, hat sie mir gegeben.«

»Hast du ihr gesagt, dass du mein Vater bist?«

»Was hätte ich ihr denn sonst sagen sollen?«

»Verdammt, niemand hier weiß, dass nicht Dad mein Vater ist!«

»Jetzt kennt eine Sekretärin der Schule dein kleines Geheimnis«, spöttelte er.

»Ah, dass ich einen Verbrecher zum Vater habe!«, fauchte ich zurück.

Er lachte hell auf.

»Das habe ich ihr verschwiegen, Josh. Ich würde gern mit dir reden.«

»Das kannst du dir abschminken. Zehn Jahre lang

habe ich nichts von dir gehört und jetzt tauchst du plötzlich hier in Northfork auf und bringst mein Leben durcheinander.«

»Das ist nicht meine Absicht, Josh.«

»Was dann? Was ist mit Dany? Wo hast du ihn gesehen? Etwa im Busch hinter unserem Haus?«

»Auf seinem Weg zum Kindergarten.«

»Du beobachtest uns?«

»Nein. Ich bin nur neu hier. Ich habe auch deinen Dad gesehen. Und deine Mom.«

Noch nie in meinem Leben hatten mich Worte aus dem Mund eines anderen derart aus der Fassung gebracht. In meinem Kopf entstand ein furchtbares Durcheinander. Bilder aus meinem Traum tauchten auf und verschwanden wieder. Das Gesicht meiner Mutter, als sie bei der Hintertür stand und verlangte, dass diese von nun an immer abgesperrt werden musste. Die Worte, die ich gehört hatte, als ich an der Tür des Elternschlafzimmers vorbeiging. Alles wirbelte in meinem Kopf herum wie Schneeflocken im Sturm. Ich sagte nichts. Hörte ihn atmen. Dann meinen Namen.

»Josh. Wie wär's mit einem Big Mac?«

»Jetzt? Es ist verdammt noch mal Morgen und nicht Mittag. Und ich muss den ganzen Morgen auf Dany aufpassen.«

»Josh, wenn du willst, können wir uns auch zum Mittagessen treffen.«

»Nein! Es gibt nichts, was wir besprechen müssen. Wenn du hier bist, um dich an Mom oder an unserer Familie für etwas zu rächen, etwas, was früher passiert ist, solltest du dir das zweimal überlegen. Mein Dad ist mein Vater! Dany ist mein kleiner Bruder! Wenn ihm etwas passiert, kommst du noch mal in den Knast, dieses Mal für immer!«

»Dein Vater bin ich, Josh. Aber ich bin nicht hierhergekommen, um mich zu rächen. Also, ich bin am Mittag im McDonald's und würde mich freuen, wenn du auch dorthin kommst. Lass es dir durch den Kopf gehen, Josh. Du hast deinen Dad und du hast mich. Wenn du wissen willst, wer du bist, wirst du …«

Ich unterbrach die Verbindung und steckte das Handy mit zittriger Hand in meine Hosentasche. Das Gespräch mit ihm hatte mich völlig durcheinander gebracht. Mein Mund war auf einmal wie ausgetrocknet. Ich glaube, ich zitterte am ganzen Körper. Eine Minute lang wartete ich, dass es wieder klingeln würde, aber er rief nicht mehr zurück.

Ich ging hinunter. Mom saß im Wohnzimmer und stillte Amanda. Dany war schon draußen und stocherte mit dem Stiel seiner Schaufel im Schnee herum. Keine Ahnung, wonach er dort suchte. Die Höhle für Elvin hatte er ja nicht hier, sondern auf der Lichtung im Busch gegraben. »Ich habe für dich zwei Peanutbutter Sandwiches gemacht, Josh«, sagte meine Mutter. »Sobald ich mit dem Stillen fertig bin, fahre ich zum Zahnarzt. Vielleicht nehme ich Dany mit. Er scheint mir heute Morgen besonders abwesend und ungeduldig.«

Ich war sofort hellwach. Hatte Dany auf dem Weg zum Kindergarten meinem Vater gesehen, oder war er von ihm sogar angesprochen worden?

»Warum meinst du?«, fragte ich Mom, während ich eine Teetasse mit kaltem Wasser füllte.

Meine Mutter nahm Amanda zur anderen Brust. Dabei beobachtete sie mich, als ich die Tasse leer trank und sie gleich wieder füllte.

»Willst du nicht lieber einen Tee, Josh?«

»Nein.« Ich trank das Wasser nun schluckweise und ging zum anderen Fenster, von dem aus ich einen besseren Überblick hatte.

»Was ist mit Dany?«

»Ich weiß nicht, Josh. Ich weiß nicht, was in seinem Kopf abgeht. Dany hat so viel von seinem Großvater. Ich glaube, am liebsten würde er dort draußen am Fluss in der Hütte leben, zusammen mit dem alten Mann. Manchmal denke ich, die beiden gehören zusammen. Eine Seele in zwei Menschen, verstehst du?«

Ich schüttelte den Kopf. »Entschuldige, Mom, aber ich versteh das nicht. Ich weiß, dass er Groß-vater liebt, aber das heißt noch lange nicht, dass er nicht seine eigene Seele hat.«

»Die Seele eines Haida, Josh. Viel mehr als du. Du siehst zwar mehr aus, wie Großvater wahrscheinlich als Junge ausgesehen hat, aber du bist mehr wie dein ...« Sie brach mitten im Satz ab, aber ich wusste trotzdem, was das nächste Wort gewesen wäre und so kann es mir leicht und schnell über die Lippen.

»Vater«, sagte ich. »Mom, Dad ist mein Vater.«

Sie strich Amanda mit einer Hand über den Kopf. Amanda hatte noch wenig Haar. Eigentlich war es nur weicher heller Flaum. Mom war sicher, dass Amanda die Haarfarbe von Dad haben würde, wie Dany auch, blond. Und blaue Augen. Ich hatte braune Augen und dunkles Haar.

»Josh, du würdest es mir sagen, wenn du deinem Vater begegnest, nicht wahr?«

Ich atmete ganz schnell tief durch.

»Soll ich hierbleiben und auf Amanda aufpassen, solange du beim Zahnarzt bist?«, wich ich ihrer Frage aus.

»Bist du denn nicht mit Sina verabredet?«

»Nicht so früh am Morgen. Aber ich treffe mich am Mittag mit ihr. Wir gehen zusammen in die Eishalle. Übrigens Mom, der Abdruck im Schnee war nicht von ihren Stiefeln. Sie hat die von ihrem Großvater getragen.«

Mom lachte. Für einen Moment schienen alle ihre Sorgen vergessen, leider aber nur für einen Moment, dann tauchten die Falten auf ihrer Stirn wieder auf.

Während Mom beim Zahnarzt war, passte ich auf meinen kleinen Bruder auf und versuchte ihm geduldig die Regeln des Pokerspiels beizubringen, aber das klappte noch nicht.

Er wollte unbedingt wieder raus, also rief ich unsere Nachbarn, die Zierbechers an. Ich solle Dany warm anziehen und rüberschicken, schlug mir Mrs Zierbecher mir vor. Sie würde mit den Jungs zusammen hinter ihrem Haus zwei Schneeburgen bauen, damit sie sich mal so richtig austoben konnten. Einige der Mädchen würden bestimmt auch mitmachen. Somit nahm ich Dany daheim erst mal den Schwur ab, dass er das Grundstück der Zierbechers nicht verlassen würde und brachte ihn danach hinüber.

Als Mom endlich zurückkehrte, waren die Jungs mit anderen Jungs und einigen wilden Mädchen dabei, sich eine gewaltige Schneeballschlacht zu liefern. Die beiden Schneeburgen waren längst nur noch zwei zertrampelte Hügel. Dany hatte sich hinter einem Schneewall und einem ganzen Arsenal von Schneebällen in Deckung gebracht. Als er Mom herannahen sah, warf er einen locker gepressten Schneeball nach ihr, dem sie jedoch geschickt auswich. Von meinem Zimmerfenster aus sah ich, wie sie kurz mit Mrs Zierbecher redete. Wahrscheinlich sagte sie ihr, dass sie mich bald einmal herschicken würde, um

Dany nach Hause zu bringen.

Ich setzte mich an meinen PC und machte mit einem Eight-o-Eight rum, bis er genau in die richtigen Stellen eines neuen Beat passte.

6. Die Fahrt zur Stahlbrücke

Am Mittag saß ich mit einem schlechten Gewissen, weil ich Mom angelogen hatte, im McDonald's und wartete auf ihn, aber er kam nicht. Was soll ich dazu sagen? Zugeben, dass ich enttäuscht war, gleichzeitig auch erleichtert. Mit dem Colabecher in der Hand verließ ich das Restaurant. Ich schlenderte durch die Mall, trank von der Cola und entdeckte in der Menge der Menschen ein paar von meiner Schule. Draußen auf dem riesigen Parkplatz des Thompson Valley Einkaufszentrums blickte ich mich erst einmal nach allen Seiten um. Durch die riesigen Schnee-haufen und die vielen Autos war der ganze Platz nur teilweise zu überblicken. Ich warf den leeren Cola-becher in den nächsten Abfalleimer und entschloss mich Sina anzurufen und sie zu fragen, ob sie Lust hätte, den Nachmittag mit mir zusammen in der Eishalle zu verbringen, aber als ich nach dem Handy greifen wollte, begann er zu klingeln.

Sina war dran.

»Josh, wo bist du?«

»Im Jenkin's Babyland?«

»Ah. Deine Mutter hat angerufen. Sie wollte wis-sen ob es stimmt, dass wir zusammen zum Eislaufen verabredet sind.«

»Was hast du ihr gesagt?«

»Na, klar, habe ich ihr gesagt. Ich hätte früher mal davon geträumt, eine Eisprinzessin zu werden.«

»Läufst du überhaupt?«

»Wohin?«

»Schlittschuh!«

»Nein. Ich mag keine Räder unter den Füßen und auch keine Kufen. Sag mal, Josh, was soll das?«

»Was?«

»Du hast deine Mutter angelogen.«

Ich wollte etwas sagen, es fiel mir aber keine passende Ausrede ein.

»Bist du tatsächlich im Babyladen?«

»Sina, ich …«

»Lüge mich bitte nicht auch noch an. Ich mag nicht nur keine Räder und Kufen unter den Schuhen, ich mag auch keine Lügner um mich haben.«

»Sina, ich war in der Mall im McDonald's und habe auf meinen Vater gewartet, aber er ist nicht gekommen.«

»Deinen Vater? Du meinst den, der uns in der Nacht auf dem Heimweg vom Loose Goose aufgelauert hat?«

»Das hat er nicht, Sina.«

»Nein?«

»Nein!«

»Du wolltest dich also heimlich mit deinem Vater

treffen?«

»Heimlich war das nicht. Nicht, wenn man sich im McDonald's trifft.«

»Das stimmt zwar, aber deiner Mutter hast du was ganz anderes gesagt, Josh. Und deinem Dad hast du davon auch nichts gesagt, nicht wahr?«

»Ich kann es dir erklären. Sina. Mom macht sich Sorgen, dass er mich wegholen könnte. Oder dass Dany was zustoßen könnte. Die Hintertür im Haus ist deshalb immer abgeriegelt. Und ich soll es ihr sagen, wenn er hier in Northfork auftaucht. Mom hat Angst vor ihm.«

»Weshalb?«

»Keine Ahnung. Es muss etwas von früher sein.«

»Hast du ihn denn nicht gefragt?«

»Nein, aber ich wollte ihn fragen, nur, er ist nicht zum McDonald's gekommen.«

»Hat er sich etwas zu Schulden kommen lassen?«

»Was denn?«

»Irgendwas, Josh.« Sie lachte auf. »War er etwa im Knast?«

Ich schwieg, und plötzlich hing die Frage, die sie mir halb im Scherz gestellt hatte, bleischwer zwischen uns. Fast eine halbe Minute verging, ohne dass sie oder ich ein Wort sprachen, aber ich brauchte diese Zeit, um mich dafür zu entscheiden, Sina die Wahrheit zu sagen.

»Mein Vater war zehn Jahre lang im Knast. Vor

einigen Tagen wurde er entlassen, deswegen habe ich Mom angelogen. Sie hat nie von ihm erzählt. Erst jetzt rückte sie mit seinem Namen raus, als ich sie danach fragte. Und als ich wissen wollte, warum sie Angst hatte, er könnte hier in Northfork auftauchen, da ...«

Ich brach ab. Meine Augen, die die ganze Zeit während ich mit Sina sprach auf dem Parkplatz herumirrten, entdeckten einen Pickup, der plötzlich wie aus dem Nichts auftauchte und langsam auf mich zu fuhr. In der Windschutzscheibe spiegelte sich der Himmel und die Gebäude der Mall und ein paar kahle Bäume, aber ich konnte trotzdem erkennen, dass Herb Baxter, mein Vater am Steuer saß.

»Joshua!« Sinas Stimme durchbrach das Poltern, das vom Herz her in mir aufstieg und in meinem Kopf zu einem dröhnenden Rumoren wurde. »Josh, bist du noch dran?«

»Ich muss leider weg!«, keuchte ich ins Telefon. »Wir sehen uns später. Ich ruf dich an.«

»Joshua, dein Vater und deine Mom ...«

»Ich unterbrach die Verbindung und schaltete das Handy aus. Der Pickup hielt an. Fünf Schritte trennten mich von ihm. Das Seitenfenster ging auf. »Steig ein, Josh!«

Mir wurde ganz schwindelig. Ehrlich, ich spürte, wie meine Knie zu zittern anfingen und ich beim ersten Schritt aus dem Gleichgewicht geraten und zusammengebrochen wäre.

»Josh, es tut mir leid, dass ich dich warten lassen musste.«

»Okay.« Das war im Moment alles, was ich über die Lippen brachte.

Er nickte mir aufmunternd zu.

»Komm, Josh. Ich bin keine tausend Kilometer gefahren, um unverrichteter Dinge wieder dorthin zurückzufahren.«

Es war nicht mehr als eine Aufforderung. Kein Befehl, aber auch keine Bitte. Ich weiß, ich hätte einfach weggehen können, einfach davonlaufen und bis er mit seinem Pickup umgedreht hätte, wäre ich längst in der Mall und der Menschenmenge ver- schwunden. Ich tat es nicht. Ich ging um den Pickup herum, öffnete die Beifahrertür und stieg ein. Er streckte mir seine rechte Hand entgegen. Ich ergriff sie. Ich glaube nicht, dass ich das früher jemals getan hatte, als ich ein kleines Kind gewesen war. Meinem Vater die Hand geben. Der feste Händedruck über- raschte mich. Als ich die Hand zurückziehen wollte, hielt er sie noch einen Augenblick lang gegen mei- nen Willen fest. Einen winzigen Augenblick, den ich jedoch deutlich genug spürte, so dass ich ihn so schnell nicht wieder vergessen konnte. Die Frage, ob ich mich ihm mit diesem Händedruck ausgelie- fert hatte, oder ob ich mich dadurch mit ihm gegen Mom und Dad verbündet hatte, tauchte erst viel später auf.

Mein Vater lenkte den Pickup zwischen Reihen geparkter Autos hindurch und auf die Elmwood Straße hinaus. Ziemlich viel Verkehr. Shopping am Samstag. Obwohl es noch lange nicht Frühling war, wurden die Winterklamotten mit Frühlingsrabatt von bis zu 75 % angeboten.

»Eine merkwürdige Welt ist es geworden, Josh«, sagte mein Vater plötzlich, nachdem wir fast zehn Minuten lang keinen Ton von uns gegeben hatten.

»Im Vergleich zu damals, als man dich verhaftet hat?«

Er schwenkte von der Elmwood Straße in die River Road ein, die durch die Wälder zur Stahlbrücke über den Fluss führte. Mir fiel Großvater ein. Irgendwo dort draußen lebte er, in einer alten Trapperhütte in der Biegung des Flusses.

Seine Worte fielen mir ein. Dass Großvater der einzige von unserer Familie gewesen war, der ihn im Knast besucht hatte. Fuhren wir zu ihm? Und wenn, was wollte er von ihm?

Mein Vater nahm eine Schachtel Zigaretten vom Armaturenbrett, öffnete sie und nahm eine Zigarette heraus, hielt mir die offene Schachtel hin und fragte mich ob ich rauchte.

»Nein. Dad würde das nicht erlauben.«

Er machte die Schachtel zu, legte sie aufs Armaturenbrett zurück, zog den Zigarettenanzünder aus dem Stecker und zündete sie an.

»Stört es dich, wenn ich rauche?«

»Nein.«

»Raucht er?«

»Wer?«

»Greg.«

»Nein.«

»Willst du mir von ihm erzählen?«

»Nein. Erzähl mir lieber von dir.«

»Zehn Jahre Knast, da gibt es nicht viel zu erzählen.«

»Wo warst du im Gefängnis?«

»Toronto.«

Das war's. Stumm fuhren wir durch die Wälder. Er rauchte, blickte aus dem Seitenfenster und durch die Frontscheibe, als hätte er schon lange keine verschneiten Wälder gesehen.

»Schön«, sagte er einmal. »Makellos.«

Das war's dann schon wieder. Ich schaute hinaus. Tatsächlich, so genau hatte ich mir die Wälder noch nie angesehen. Die schneebedeckten Kiefern, die abgefrästen Schneemauern zu beiden Seiten der Straße. Die Spuren der Autos. Die Sonne schien. Alle Schatten leuchtend blau auf purem Weiß. Die Wipfel der Bäume still im Licht der Sonne.

Makellos, hatte er gesagt. Keine Anzeichen einer Gefahr. Kein Fleck, den das Böse in den Schnee geworfen hatte wie einen leeren Rucksack.

Drei Rehe, die vor uns die Straße überqueren.

Nichts sonst. Nur das monotone Gebrumm des Motors. Das leise Rauschen der Klimaanlage. Ich dachte daran, das Autoradio einzuschalten, aber ich getraute mich nicht. Mit Hipp-Hopp und Rap hatte er bestimmt nichts am Hut. Sein Blut rann ebenso durch meine Adern wie das meiner Mutter. Aber Dad spielte Bassgitarre und Klavier. Und er hatte mir das Keyboard gekauft und mir beigebracht, darauf zu spielen. War im Laufe der Zeit nicht Dad mehr zu meinem Vater geworden als Herb Baxter? Die Trassen rostrot im Sonnenlicht. Die alte Bücke war bestimmt seit über zwanzig Jahren nie mehr sandgestrahlt und frisch gestrichen worden. Wind und Wetter nagten an ihr. Der Rost und die Farbe hatten sich verbrüdert. Die Holzplanken waren spiegelglatt vom Eis und reflektierten die Sonnenstrahlen.

Wir fuhren im Schritttempo über die Brücke. Der Fluss war zugefroren. Nur an einigen Stellen konnte man erkennen, dass das Eis nicht dick genug war, ein Auto oder gar einen mit mächtigen Baumstämmen beladenen Logging Truck zu tragen. Vierzig Meilen flussabwärts gab es eine neue Brücke über den Fluss und eine ausgebaute Straße, die zu einigen Holzfällerlagern im Hinterland führte und die von den Logging Trucks benutzt wurde.

Hier, bei der alten Bücke, war Jagdrevier und ein Paradies für Angler. Zur Jagdsaison und in den Sommermonaten kamen sie von weit her, um hier ihre Träume vom großen Abenteuer zu verwirklichen, aber die übrige Zeit des Jahres war in dieser Gegend nichts los. Ein menschenleeres Gebiet, das sich jenseits des Flusses tief ins Hinterland hineinzog, bis zu einer entfernten Hügelkette. Der einzige, der hier draußen lebte, war mein Großvater. Er und sein Hund Chip. Wer zu ihm gelangen wollte, musste zu Fuß durch den Busch bis zu einer großen Lichtung, wo sein Blockhaus stand. Falls es überhaupt noch dort stand. Seit dem vergangenen Frühling war ich nie mehr hier draußen gewesen und jetzt hielt mein Vater den Pickup an, ungefähr dort, wo sich die Abzweigung befand, die zur Lichtung am Fluss führte.

»Da sind wir«, sagte mein Vater. Ich blickte mich um.

»Du weißt schon wo, Josh.«

»Ich war schon lange nicht mehr hier draußen.«

»Deine Mutter?«

»Wenn hier kein Schnee liegt, fährt sie alle zwei Wochen hierher und bringt ihm Zeug aus dem Store.«

»Lebensmittel?«

»Und Tabak und alles, was er hier draußen nicht kaufen kann.«

Mein Vater stieg aus, ging um den Pickup herum und öffnete die Heckklappe. Ich sah von meinem Sitz aus nicht was er tat. Erst als er die Heckklappe geschlossen hatte und wieder am Pickup vorbeiging, sah ich, dass er ein Gewehr in der Hand hatte. Er stapfte durch den Schnee bis zur Stelle, wo der Weg abzweigte, über den man die Hütte meines Großvaters erreichen konnte. Von hier aus waren es nur noch etwa zehn Kilometer zur Horseshoe Bend. Am Rand der Straße stehend schaute er sich nach mir um und ich bemerkte, wie er mit dem Daumen die Sicherung an seinem Gewehr löste und den Hammer spannte. Dann schoss er. Einfach so. Er zielte auf nichts und niemanden. Eher zufällig war der Lauf des Gewehres in den Wald hinaus gerichtet und der Schuss streifte den Ast einer Fichte. Während der Schuss verhallte, rieselten Schneekristalle in einer glitzernden Wolke zu Boden, bis sich wieder eine dumpfe Stille ausbreitete.

Mein Vater kam zum Pickup zurück, verstaute das Gewehr hinten im Laderaum und setzte sich ans Steuer.

»Was war das?«, fragte ich ihn.

»Ein Signal.«

»An meinen Großvater?«

»Ja.«

»Wozu?«

»Damit er weiß, dass ich da bin.«

»Du hättest auch ein Schneemobil mieten und zu seiner Hütte fahren können«, sagte ich.

»Das ist wahr«, antwortete er gleichmütig, betätigte den Anlasser und drehte den Pickup auf der schmalen Straße um. Wir fuhren denselben Weg zurück in die Stadt. Es hatte zu schneien angefangen. Ein harter Wind wehte durch die Wälder, aber mein Vater hielt den Pickup sicher in den wenigen Radspuren. Als in der Ferne die ersten Lichter von Northfork im leichten Schneegestöber auftauchten, waren wir nur noch einige Kilometer von der Straße entfernt. Wir überholten eine Schneeräumungsmaschine und fuhren auf einer rutschigen Straße auf die Stadt zu. Die ganze Zeit hatten wir geschwiegen, als gäbe es nichts zu sagen, nichts, das uns weiterbringen könnte, aber während dieser Fahrt wurde mir zur Gewissheit, dass mein Vater kaum hierhergekommen war, um mich von hier wegzuholen, wie das Mom befürchtete, sondern viel eher, weil er ein Geheimnis mit sich herumtrug, das er niemandem anvertrauen konnte oder wollte.

Und genau das fragte ich ihn, als wir das Ortsschild von Northfork passierten und er noch immer keine Anstalten machte, irgendetwas zu sagen.

»Wir fahren seit fast einer halben Stunde durch die Pampas und du hast mir noch immer nicht gesagt, weshalb du hier bist.«

Er starrte durch die Windschutzscheibe auf die Straße hinaus.

»Warum bist du nach Northfork gekommen?« Es war hier draußen wenig Verkehr, aber je näher wir dem Stadtzentrum kamen, desto mehr Autos fuhren herum und die Parkplätze vor den Supermärkten und den Shoppingzentren waren voll.

Ich dachte schon, er würde mir überhaupt nichts mehr sagen und mich beim McDonald's absetzen, aber ich irrte mich.

»Josh, ich habe eine Strafe von zehn Jahren im Knast abgesessen. Zehn Jahre sind eine Ewigkeit, wenn man sich Tag für Tag nach einem Lebenszeichen seines Sohnes sehnt.«

»Du hättest mir schreiben können.«

Jetzt drehte er kurz den Kopf.

»Das habe ich getan, Josh.«

Für einen Moment erstarrte ich auf dem Sitz neben ihm. Selbst meine Gedanken froren ein. Sekunden waren es nur, aber ich glaube, mein Herz hatte angehalten zu schlagen.

»Briefe«, sagte er. »Immer und immer wieder, aber es kam nie eine Antwort.«

»Weil ich nie einen bekommen habe«, brach es aus mir heraus. »Kannst du mir das vielleicht mal erklären?«

»Nein, das kann ich nicht. Deine Mutter vielleicht, Josh. Sie wird dir sicher sagen können, was mit meinen Briefen geschehen ist.«

»Und was ist mit einem Telefonanruf? Heute ist das nicht mehr so wie früher. Heute kann doch jeder jeden erreichen.«

»Im Knast war das komplizierter, Josh. Wir waren unter ständiger Kontrolle. Telefone und Besuchergespräche wurden abgehört, eine Internetverbindung war nur über den Gefängnisserver möglich. Selbst bei Briefen wurden laufend Stichproben gemacht.«

Er bemerkte sofort, dass ich an seinen Worten zweifelte.

»Es gibt einen besonderen Grund, dass ich vom ersten Tag an besonders ins Visier der Gefängnisverwaltung geriet.«

»Welchen Grund?«

»Einmal wirst du ihn erfahren, Josh, aber der richtige Zeitpunkt dafür ist nicht hier und jetzt.«

»Mom wird deine Briefe an mich ganz sicher nicht vor mir verheimlicht haben!«

»Das weiß ich nicht.«

»Was weißt du dann? Verdammt, ich glaube dir nicht. Ich glaube dir nichts von dem, was du mir sagst. Zehn Jahre im Gefängnis, da erfindet man sich wahrscheinlich ein Leben, damit die Haftzeit erträglicher wird.«

Er gab mir darauf keine Antwort.

»Ich werde sie fragen«, sagte ich leise und trotzdem klang es wie ein Versprechen, eines das ich mir selbst gab.

Er lachte auf.

»Tu das, Josh. Und wenn was ist, ruf mich an.«

»Ich habe keine Nummer von dir«, wandte ich ein.

Er lachte. »Ich besitze kein Handy.«

»Kauf dir doch eines in der Mall. Es ist einfach, Telefon mit Prepaid-Sim Karte kaufen und schon funktioniert es.«

»Will ich nicht! Ruf die Rezeption in der Lodge an.«

Mehr gab es für ihn zu diesem Thema offenbar nicht zu sagen. Wir fuhren auf dem Parkplatz der Mall bis zum McDonald's. Dort hielt er an.

»Wir sehen uns, Josh.«

»Weiß ich nicht«, gab ich ihm zurück, machte die Tür auf und stieg aus. Er fuhr davon und ich drehte mich um, und während ich mich auf den Weg nach Hause machte, rief ich Sina an. Sie war in der Eishalle.

»Was machst du dort?«

»Ich schau den Leuten auf dem Eis zu. Ich denke nicht, dass ich das Eislaufen so schnell lernen könnte, aber wenn du Lust hast, können wir es morgen mal versuchen. Vielleicht lerne ich es von dir.«

»Okay. Morgen Nachmittag.«

»Und? Was ist mit deinem Vater?«

»Ich will jetzt nicht über ihn reden, Sina.«

»Aber du hast dich mit ihm getroffen?«

»Ja.«

»Hat er dir etwa gesagt, warum er nach Northfork gekommen ist?«

«Er hat mir gesagt, dass er mir Briefe geschrieben

hat.«

»Aus dem Knast?«

»Ja. Ich habe nur nie einen bekommen.«

»Glaubst du, dass er dich angelogen hat?«

»Kann sein.«

»Glaub ich nicht.«

»Was dann? Was glaubst du dann, Sina? Etwa, dass meine Mutter seine Briefe weggeschmissen hat?«

»Vielleicht nicht weggeschmissen.«

»Was dann?«

»Vielleicht hat sie sie aufgehoben.«

»Glaub ich nicht. Warum sollte sie sowas getan haben?«

»Weil sie versucht hat, ihn aus ihrem und damit auch aus deinem Leben zu löschen.«

»Ich werde sie fragen.«

»Jetzt gleich, wenn du nach Hause kommst? Das würde ich bleiben lassen, Joshua. Vielleicht sollten wir mal das Haus nach den Briefen durchsuchen, wenn niemand da ist. Vielleicht hat sie eine Schuhschachtel voll davon. Oder sie liegen in einer Kiste, wo sie alle ihre Sachen von früher aufbewahrt.«

»Eine Schatzkiste im Schuppen«, höhnte ich mit einem Lachen. »Deine Phantasie kennt keine Grenzen, Sina.«

Sie lachte auch. »Ich lese viel, wie du weißt.«

»Alte Familiengeschichten?«

»Auch. Wo bist du denn jetzt?«

»Auf dem Heimweg.«

»Sehen wir uns später noch?«

»Wozu?«

»Einfach so. Ich möchte dich gern umarmen.«

»Du spinnst. Ich geh jetzt nach Hause. Du weißt schon, Mom macht sich Sorgen, seit Herb Baxter entlassen wurde.«

»Dann ruf sie an und sag ihr, dass du nicht vor sieben am Abend daheim bist.«

»Bist du allein daheim?«

»Noch sitze ich hier und schau einem Mädchen zu, das rasend schnelle Pirouetten dreht. Ich glaube, das Mädchen wird mal das, was ich mal werden wollte, eine Eisprinzessin.«

»Und später? Bist du allein zu Hause?«

»Meine Großeltern sind bei einer etwas verfrühten Frühlingsparty im Altersheim. Die kommen nicht vor zehn Uhr zurück.«

Ich legte auf und eilte nach Hause. Mein Handy gab nun eine Außentemperatur von minus 25 Grad an.

Daheim saß Mom auf dem Sofa und schaukelte die Kinderkrippe, in der die Kleine lag.

Es schien alles in Ordnung aber ihre Augen verrieten mir, dass gar nichts in Ordnung war.

»Wo ist Dany?«, fragte ich sie.

»Mit Dad in der Eishalle. Sie dachten, sie würden dich dort auch treffen.«

»Ich war nur kurz dort.«

»Das hat auch Sina gesagt.«

Ich spürte, wie mir das Blut in den Kopf stieg und verschwand schnell im Badezimmer. Im Spiegel bemerkte ich, wie sich meine Ohren rief gerötet hatten. Ich blieb im Badezimmer und wartete darauf, dass die roten Flecken aus meinem Gesicht verschwanden und die Ohren wieder blass wurden. Im Wohnzimmer stand nun Mom am Fenster und blickte in das Schneegestöber hinaus. »Sie werden eh bald zurückkommen«, sagte sie. »Dad hat angerufen. Dany soll sich nicht wohl fühlen. Wo warst du denn die ganze Zeit, Josh?«

»Mit Jungs aus der Schule im McDonald's. Und danach im Kino. Und dann bei Ron zu Hause. Wir haben uns einen alten Film angeschaut.«

»Wie war's?«

»Mega gut. Spannend. Ron ist ein Filmenthusiast. Klassische Filme haben es ihm angetan. Er besitzt eine ganze Sammlung, viele davon noch in Schwarz-Weiß.«

Sie drehte sich weg vom Fenster und sah mich an.

Mir war in meiner Haut noch nie so unwohl gewesen wie in diesem Moment. Ich hätte mich überall kratzen können.

»Er ist hier, nicht wahr Josh?«

»Wer?«

»Dein Vater.«

»Nein.« Ich zischte ihr das Wort entgegen und sie zuckte zusammen. Ich sah es deutlich. So als hätte sie dieses kleine Wort mehr getroffen als meine Lügen zuvor. Sie wusste, dass ich sie angelogen hatte, aber ich war bereit weiter zu lügen. Nur ließ sie mir dazu keine Chance. Ganz sanft sagte sie nur noch: »Du hast mir versprochen, dass du es mir sagst, wenn du dich mit ihm getroffen hast, Josh.« Dann drehte sie sich wieder dem Fenster zu. Am liebsten wäre ich zu ihr gegangen und hätte mich bei ihr ausgeheult, aber ich tat es nicht. Stattdessen ging ich auf mein Zimmer. Legte mich aufs Bett und starrte zur Decke hinauf. Sollte ich Sina anrufen und ihr erzählen, was eben passiert war? Dass ich Mom angelogen hatte und heute nicht mehr zu ihr nach Hause kommen würde. Ich wollte das Handy aus der Hosentasche ziehen, als ich Dads Auto hörte. Er kam mit Dany zurück vom Schlittschuhlaufen. In diesem Moment fiel mir ein, dass Dad Sina in der Eishalle nach mir gefragt hatte, als er sie dort auf der Zuschauerrampe entdeckt hatte. Vielleicht hatte sie ihn und Dany auf sich aufmerksam gemacht. Und er hatte sie nach mir gefragt und sie hatte ihm erwidert, dass ich schon früh wieder weggegangen wäre. Dabei war ich überhaupt nicht dort gewesen. Ich war nicht mit ihr zur Eishalle gegangen, sondern hatte im McDonald's auf meinen Vater gewartet.

Jetzt zog ich das Handy doch aus der Tasche und

rief Sina an. Sie war noch auf und unterwegs nach Hause.

»Bist du allein?«

»Ah, klar. Warum?«

»Schau dich mal um.«

»Josh, ich bin allein.«

»Schau dich bitte mal um!«

Sie lachte und schaute offenbar um sich. »Ich bin zwar nicht allein, aber es ist niemand bei mir«, sagte sie.

»Gut. Ich muss ...«

»Was ist los mit dir, Josh? Hat dich deine Mutter angesteckt?«

»Nein. Sie hat mir aber gesagt, dass du Dad und Dany in der Eishalle getroffen hast.«

»Habe ich dir das nicht am Telefon gesagt, als du auf dem Heimweg warst?«

»Nein. Du hast mir nur gesagt, dass ein kleines Mädchen auf dem Eis rasende Pirouetten dreht.«

»Die Kleine hat mich wohl mehr beeindruckt als alles andere, Josh.«

»Mom sagt, dass du Dad gesagt hast, ich sei nach kurzer Zeit wieder weggegangen.«

»Stimmt. Hätte ich was anderes sagen sollen?«

»Ich war gar nicht dort, Sina.«

»Aber er hat mich nach dir gefragt. Ich habe nur etwas gesagt, weil ich dich ...« Sie brach ab. »Es ist furchtbar kalt, Josh. Ich freue mich auf mein warmes

Zuhause.«

»Weil ich was?«, hakte ich genau dort nach, wo sie abgebrochen hatte.

»Dein Dad hat gesagt, dass er mit deinem kleinen Bruder nur zur Eishalle gekommen war, weil sie beide gehofft hatten, uns dort anzutreffen. Da habe ich eins und eins zusammengezählt und ihm …«

»Du bist verdammt gut in Mathe, verdammt«, fiel ich ihr ins Wort.

»Nun, ich dachte, dass du vielleicht Ärger bekommen würdest, weil du deinen Eltern möglicherweise gesagt hast, du hättest dich mit mir in der Eishalle verabredet. Habe ich was Falsches gesagt, Josh?«

»Mom denkt das bestimmt. Sie denkt, dass du Dad angelogen hast und ich meine Mutter.«

Sie lachte schallend ins Telefon. »Josh, jetzt wird es richtig kompliziert. Können wir vielleicht später darüber reden, wenn du zu mir kommst? Das Handy ist schon an meinem Ohr festgefroren.«

»Okay, ich werde nicht lange hierbleiben. Dad und Dany sind zurück. Hast du gehört, es soll ein Blizzard im Anzug sein, der letzte Sturm des Winters. Fast einen halben Meter Schnee soll er in unserer Gegend abladen.«

»Oh, Josh, ich sehe ihn. Blauer Pickup. Manitoba Nummernschild. Er ist langsam an mir vorbeigefahren. Gott, jetzt dreht er um. Fährt im Schritttempo hinter mir her. Ich seh sein Gesicht. Das ist der von gestern Abend.«

»Lauf einfach los!«

»Wohin?«

»In ein Ladengeschäft. Oder in ein Haus. Was ist dort, wo du bist?«

»Ein leeres Grundstück.«

»Siehst du ihn immer noch?«

»Ich trau mich nicht mehr, noch einmal den Kopf zu drehen zurück zu schauen.«

»Dann bleib stehen. Lass das Handy eingeschaltet. Ich bleib dran. Vielleicht fährt er einfach weiter.«

»Und wenn er anhält?«

»Dann sag ihm, dass du mich an Telefon hast.«

»Okay. Mir ist das unheimlich. Josh. Du hast eine merkwürdige Familie.«

»Das kann ich nicht mehr ändern.«

»Okay, ich lass das Handy angeschaltet in der Tasche des Anoraks verschwinden.«

Ich vernahm nur noch ein Rascheln. Fast eine halbe Minute verging. Ich hörte einen elektrischen Fensterheber.

»Sina, soll ich dich nach Hause bringen?«

Die Stimme meines Vaters, allerdings so, als hätte er Watte im Mund. Dann Sinas Stimme. Und noch ein Rascheln. Dann ganz klar.

»Ich habe Joshua am Telefon. Wollen Sie mit ihm reden?«

Vermutlich streckte sie ihm ihr Handy entgegen,

denn ich hörte ihn klar und deutlich auflachen.

»Hi Josh«, rief er. Ich bin zufällig auf dieser Straße und sah deine Freundin Sina. Sie schaut ziemlich durchfroren aus.«

»Vater, hör auf damit!«, sagte ich.

»Womit denn, Josh?«

»Hör auf, Dinge zu tun, die kein normaler Mensch tut. Lass unsere Familie in Ruhe. Meine Freundin. Die Schule. Ruf einfach nicht mehr an und geh weg. Weg von Northfork!«

»Josh, das kann ich nicht.«

»Es ist einfach, verdammt. Nimm den Highway, der dich hergebracht hat!«

Er lachte auf. Dann wurde die Verbindung unterbrochen. Ich rief Sina sofort wieder an. Ihr Telefon klingelte, aber sie hob nicht mehr ab. Ich wählte die ersten zwei Zahlen unserer Notrufnummer und brach ab, bevor ich die dritte wählen konnte.

Ich verließ mein Zimmer und ging runter.

Mom war im Schlafzimmer. Dad saß im Wohnzimmer vor dem Fernseher.

»Ich muss noch mal weg, Dad«, sagte ich.

Er drehte den Kopf nach mir um.

»Josh, ich muss mit dir reden.«

»Wo ist Mom?«

»Sie hat Dany zu Bett gebracht. Er hat hohes Fieber. Wahrscheinlich eine Erkältung.«

»Können wir morgen reden? Ich bin mit Sina verabredet.«

Er atmete einmal tief durch.

»Wie heute Nachmittag?«

»Ich weiß, ihr habt sie in der Eishalle getroffen.«

»Wir dachten, wir würden auch dich dort antreffen, Josh.«

»Ich war schon weg.«

»Wo warst du heute Nachmittag, Josh?«

Ich senkte schnell den Kopf, um seinem forschenden Blick auszuweichen.

»Sag es mir, Josh. Wir haben in diesem Haus keine Geheimnisse voreinander. Das gilt auch für dich.«

Ich hob den Kopf.

»Willst du mir vertrauen, Dad?«

»Wollen? Ist denn deine Frage nicht eher, ob wir dir vertrauen können?«

»Das könnt ihr.«

»Gut, Josh, dann würde ich gerne von dir wissen, ob du dich heute mit deinem Vater getroffen hast.«

»Nein!«

Genau wie bei Mom war das Wort nichts als eine ganz krasse Lüge. Er zuckte nicht zusammen, wie es Mom getan hatte. Er zuckte nicht einmal mit einer Wimper. Er sah mich nur an. Mehrere Sekunden verstrichen. Kein Wort. Kein Ausdruck im Gesicht, an dem ich hätte ablesen können, ob er mir glaubte oder nicht.

»Überlege es dir, Josh«, sagte er schließlich. »Wir

wollen dich nicht verlieren, verstehst du.«

»Okay«, murmelte ich. Mehr war im Moment nicht drin, aber ich war sicher, dass er mir eine Chance geben wollte, mit den Tatsachen fertig zu werden. Ich habe das schon am Anfang gesagt. Ich liebe ihn, und ich liebe meine Mom und Dany und auch Amanda, seit sie auf der Welt ist. Und als ich das Haus verließ, den Kopf tief in den Kragen meines Anoraks eingezogen und die alte Strickmütze auf dem Kopf, war ich felsenfest davon überzeugt, dass es auch meine Aufgabe war, unsere Familie vor einem Eindringling zu schützen, auch wenn es sich bei diesem um meinen Vater handelte.

7. Was damals geschah

Sina war nicht allein Zuhause. Ihr Großvater, Arno »The Lung« Beltran, hatte sich beim Rock'n'Roll mit einem brutalen Hüftschwung das Schlüsselbein gebrochen und nun saß er auf einem Stuhl am Esstisch, den Arm in der Schlinge und das Kinn auf eine Wolldecke gestützt, die zusammengerollt auf dem Tisch lag. Er trug einen bunten Morgenmantel. Vorsichtig drehte er den Kopf um einige Millimeter zur Seite, als Sina und ich die Küche betraten.

»Hi, Mister Beltran«, grüßte ich ihn. »Sie sollten vielleicht doch auf Hipp Hopp umsatteln. Das ist viel weniger gefährlich. Beim Tanzen hüpft man einfach nur auf der Stelle auf und ab.«

Er bleckte sein Gebiss, dass der obere Teil ein Stück weit vorrückte und ihm beinahe aus dem Mund rutschte.

»Klugscheißer«, ächzte er und schob das Gebiss mit der Hand in den Mund zurück.

Wir ließen ihn mit seinem Gebrechen am Küchentisch und verzogen uns ins Wohnzimmer. Der Fernseher lief stummgeschaltet. Sinas Großmutter war auf dem Sofa eingeschlafen, den Rehpinscher im Schoss. Sie schnarchte mit offenem Mund und sah so friedlich aus, als träumte sie von einem mit Blumen übersäten Tal und einem Schwarm bunter Schmetterlinge.

Sina zeigte auf ein Foto an der Wand. »Das ist sie, eine der schönsten jungen Frauen im Land.«

»Für deinen Großvater ist sie das bestimmt geblieben«, sagte ich.

Da machte sie glatt den Mund zu, hörte auf zu schnarchen und öffnete ein Auge.

»Ich habe es gehört, Josh«, flüsterte sie und setzte sich auf. Mit dem Daumen zeigte sie zur offenen Tür in Richtung der Küche. »Drei Nächte lang soll er in dieser Stellung schlafen, hat der Arzt gesagt. »Wetten, dass er das nicht durchhält und sich schon heute Nacht zu mir ins Bett schleicht.«

»Ist es schlimm mit dem Schlüsselbein?«

»Ratzfatz durch. Dabei hat er nur diesen Hüftschwung hingelegt und mich über seinen Rücken hinweggezogen. Das haben wir beide doch früher immer problemlos geschafft, aber dieses Mal hat es geknackt, wie wenn einer im Wald auf einen Ast tritt. Und der Knochen war durch. Ich dachte erst, das kriegt man im Spital wieder hin, aber der Arzt meinte, wenn er nicht einen lukrativen Vertrag mit einem Magazin für Bademoden hat, soll er ihn so krumm wie er ist wieder zusammenwachsen lassen.«

»Wieso, sieht man es von außen?«

»Und wie. Eine hühnereigroße Beule wird ihm

bleiben, aber in seinem Alter ist das…«

»Wilma«, krächzte der alte Mann in der Küche. »Krieg ich nun meinen Scotch, damit ich diese Scheißschmerzen aushalten kann? Die verdammten Schmerzmittel taugen nichts.«

Sie erhob sich holte eine Flasche »Old Pulteney« und zwei Gläser aus der Vitrine. »Wir trinken beide einen, du gegen die Schmerzen und ich einen gegen dein Gejammer.« Beim Hinausgehen blieb sie kurz in der Türöffnung stehen. »Wollt ihr später wieder mal Mensch ärgere dich nicht spielen, ihr zwei?«

»Mit Vergnügen, Großmutter«, lachte Sina. »Wir gehen nur mal rauf, um etwas für die Schule zu besprechen.«

»Macht nur. Für uns ist dieser Abend gelaufen, Kinder. Mir soll's Recht sein. Ihm geht es jedoch furchtbar aufs Gemüt, weil er sich vorstellt, wie sie im Altersheim herumtanzen und Spaß haben. Ohne ihn!«

Sie tippelte mit den Gläsern und der Flasche in die Küche und wir verschwanden in Sinas Zimmer. Sie machte leise Musik an, hatte irgendeinen Schnulzensender drauf, und wir setzten uns nebeneinander auf ihr Bett mit der bunten Flickendecke, lehnten uns gegen die Wand, hielten uns an der Hand und schauten in ihrem Zimmer umher. Während wir eine lange Zeit nur dasaßen und Musik hörten und kein Wort sagten, gingen mir viele Gedanken durch den Kopf und ihr ging es wahrscheinlich genauso, denn plötzlich sagte sie aus den Gedanken heraus: »Das ist mein Zimmer.«

Ich war schon oft genug hier drin gewesen, in ihrem Zimmer, dass mir alle die Bilder an der Wand manchmal sogar im Traum erschienen, Bilder aus der griechischen Mythologie, irgendwelche Götterwesen, Halbmenschen und andere Fabelwesen. Auf einem Regal standen Bücher, einige davon die Percy Jackson Bände schön nebeneinander aufgereiht, und einen Doppelband griechischer Mythologie, den Sina von ihrem Geschichtslehrer für ihren besonderen Fleiß erhalten hatte.

Nachdem sie mir gesagt hatte, dass es ihr Zimmer war, schwiegen wir wieder bis sie vom Bett sprang und ihren Laptop auf dem Schreibtisch einschaltete.

»Komm, ich zeig dir was.«

Ich quälte mich vom Bett und stellte mich hinter sie.

»Hier, kennst du den?«

Das haute mich fast um. Es lachte mir mein Vater entgegen. Mein richtiger Vater, meine ich. Herb Baxter. Er saß hinter dem Steuerrad seines Pickup, lehnte sich zur Beifahrerseite herüber und lachte mir durchs offene Fenster zu.

»Habe ich von ihm gemacht, bevor ich einstieg und mit ihm wegfuhr.«

»Er hat dich nach Hause gebracht?«

»Genau.«

»Und? Hat er dir gesagt, warum er hier ist?«

»Er hat mir nichts von sich erzählt, Josh. Er hat nur gesagt, dass er bis zum Frühling bleiben wird.«

»Hier, in Northfork? Wozu? Er hat mich gesehen. Warum fährt er nicht einfach wieder weg? Er weiß doch, dass er hier nicht willkommen ist.«

»Kann sein, dass eine alte Rechnung offen ist. Frag ihn. Oder noch besser, frag deine Mutter.«

Ich starrte zu ihrem Laptop hinüber. Auf dem Bildschirm war immer noch das lachende Gesicht meines Vaters zu sehen.

Sinas Großmutter rief uns nach unten. Auf dem Küchentisch war schon alles vorbereitet, direkt vor dem Gesicht des Großvaters.

Seine Frau wollte für ihn würfeln und die kleinen bunten Holzfigürchen bewegen, aber das ging ihm gegen den Strich. »Mein rechter Arm ist voll einsatzfähig«, beharrte er, und zum Zeichen, dass er genau wusste wovon er sprach, hob er mit schmerzverzerrtem Gesicht sein Glas vom Tisch und trank es auf einen Zug leer. »Einschenken darfst du mir, Helga«, keuchte er und ich war nicht sicher, ob er wegen der Schmerzen keuchte oder weil ihm der Whisky in der Kehle brannte.

Wir spielten das Spiel einmal durch, mit kleineren Unterbrechungen, einmal, weil er in die Flasche pinkeln musste, die ihm der Arzt mitgegeben hatte und einige Male, weil ihm der Würfel oder eines der kleinen Figürchen aus den Fingern fielen, und als Sina schon beinahe gewonnen hatte, mit drei Figürchen im Haus und einem kurz vor dem Eingang, da wurde sie von ihm überholt und musste zurück und einen Sechser würfeln, um wieder rauszukommen, aber das schaffte sie nicht. Also gewann der Alte und er freute sich diebisch über seinen Endspurt und wollte uns mit der falschen Hand abklatschen. Ich habe noch nie einen Mann derart fluchen hören wie Sinas Großvater, alles auf Französisch, denn er war ein Frankokanadier aus der Gegend von Quebec.

Nach dem Spiel gab es Erbsensuppe und Brot und es war schon nach zehn Uhr, als ich mich von Sina und ihren Großeltern verabschiedete und mich auf den Heimweg machte.

Schon ein paar Schritte aus dem Haus blieb ich am Straßenrand stehen und schaute mich nach allen Seiten um. Kein Mensch war auf der Straße, auch nicht mein Vater. In den meisten Häusern waren die Lichter noch an, einige noch mit den Weihnachtslichtern, obwohl es schon bald März war.

Mein Vater im Knast. Zehn Weihnachten hatte er im Gefängnis verbracht. Ohne eine Nachricht von mir oder von Mom. Was war mit ihnen geschehen, als ich ein Knirps gewesen war, der nichts mitgekriegt hatte. Oder gab es etwas in meinen Erinnerungen, das ich so tief vergraben hatte wie Dany seinen Elvin, den er erst im Frühjahr wiedersehen würde, wenn alle Bären aus dem Winterschlaf erwachten und hungrig durch die Wälder streiften.

Noch schien hier der Frühling weit weg zu sein, irgendwo dort unten in Kalifornien, während hier oben sich noch einmal von Norden her ein später Wintersturm näherte.

Daheim saß Mom auf dem Sofa im Wohnzimmer. Es schien mir, als hätte sie nur auf meine Rückkehr gewartet.

»Wo ist Dad?«, fragte ich sie.

»Im Baumarkt Regale auffüllen.«

Ich ging in die Küche und holte eine Dose Cola aus dem Kühlschrank. Im Wohnzimmer setzte ich mich auf einen der beiden Polsterstühle.

»Dany?«

»Im Bett.«

»Amanda?«

»Schläft. Sie kommt erst nach Mitternacht noch einmal.«

Ich lehnte mich zurück trank aus der Dose.

»Mom.«

Sie nickte.

»Ich denke, du willst wissen, was damals zwischen mir und deinem Vater vorgefallen ist, nicht wahr Josh?«

»Nur wenn du darüber reden willst.«

Sie holte tief Luft, suchte in ihrem Kopf nach passenden Erinnerungen. Lange dauerte es nicht, bis sie bereit war, mir zu erzählen, was damals passiert war.

»Dein Vater verlor seinen Job, Josh. Viele hatten damals keine Arbeit. Du warst noch sehr klein damals, Josh.« Sie lächelte kurz und fuhr dann fort. »Wir hatten zu wenig zu essen für einen Jungen wie dich, also warst du abgemagert und kränklich, aber ich konnte mich nicht um dich kümmern, wie das eine Mutter hätte tun sollen. Wenn dein Vater nicht auf Arbeitssuche war, hing er Zuhause herum. An einem Abend, als ich von der Arbeit kam, hattest du hohes Fieber. Er sagte mir, dass er Medikamente in der Apotheke holen wollte, aber kein Geld im Hause war. Ich hatte aber einen Notgroschen, einen einzigen Fünzigdollarschein, in meinem Nachttisch versteckt. Ich gab ihm das Geld und er ging sofort los zur nächsten Apotheke. In dieser Nacht kehrte er erst lange nach Mitternacht zurück. Ohne Medikamente. Ohne Geld. Ein Häufchen Elend, das sich neben mir unter der Bettdecke verkroch und weinte.«

Mom brach ab. Vielleicht durchlebte sie diesen Abend noch mal in allen Einzelheiten, aber sie ließ sich nicht anmerken, wie sehr die Erinnerungen sie aufwühlten.

»Hast du ihn rausgeschmissen, Mom?«

Sie schüttelte den Kopf, sah mich an ohne etwas

zu sagen. Fast eine Minute verstrich.

»Wie hätte ich das tun können, Josh? Er ist dein Vater. Ich weiß nicht, ob ich ihn noch liebte, wie ich ihn einmal geliebt hatte, aber es war ein großer Fehler, dass ich ihm das Geld gegeben habe. Ich hätte selbst zur Apotheke gehen sollen. Ich war zu müde, einfach nur zu müde nach diesem langen Tag an der Kasse.«

»Was hat er mit dem Geld gemacht?«

»Er hat es verzockt. Im Casino. Da hat er einen Dollar um den anderen beim Roulettespiel verzockt. Am Anfang hat er gewonnen. Einmal soll sein Gewinn auf dreihundert Dollar angewachsen sein, aber er wollte mehr, wollte so viel Geld wie möglich nach Hause bringen, und als seine Pechsträhne begann, konnte er nicht mehr aufhören, bis er nichts mehr in der Tasche hatte. Daheim lag sein kranker Sohn. Ich kann dir nicht sagen, was er sich gedacht hat, Josh, aber ich glaube, er hat sich für das, was er getan hat, geschämt. Das glaube ich auch heute noch, aber an der Tatsache, dass er dich und mich im Stich gelassen hat, ändert das nichts.«

Sie machte eine Pause, wich meinem Blick aus als schämte sie sich ihrer Gefühle für meinen Vater. Oder vielleicht bezweifelte sie nur, dass ich ihre Liebe für ihn und mich verstehen konnte, ihre Trauer und Enttäuschung.

»Ich habe dir die kalten Umschläge gemacht und

deine Füße in nasse Tücher eingewickelt um das Fieber zu senken. Ich war so verzweifelt, ich dachte daran, die Polizei anzurufen und das Notfallkrankenhaus, aber ich wartete auf seine Rückkehr, und als er schließlich mit leeren Händen zurückkehrte, hatte ich Mitleid mit ihm. Er versprach, das Geld zu erarbeiten und mir zurückzugeben. Am nächsten Tag schickte ich ihn weg. Er solle erst wieder zurückkommen, wenn er eine Arbeit gefunden hat, sagte ich ihm bevor ich die Tür hinter ihm zumachte und absperrte.«

»Aber er ist nie mehr zurückgekommen?«

»Er ist zurückgekommen, Josh. Einige Wochen später, auf der Flucht vor der Polizei schlich er sich wie ein geprügelter Hund in unsere Wohnung.«

»Was hat er getan?«

»Er hat es mir nie gesagt, Josh. Aber die Zeitungen berichteten darüber. Und später habe ich es in den Gerichtsakten gelesen. Mit zwei anderen zusammen hat er eine Filiale der Bank of Toronto überfallen. Die Polizei fahndete nach drei unbekannten Bankräubern, da haben sie sich getrennt. Dein Vater kam nach Hause und wollte bei uns bleiben. Alles sollte so sein wie zuvor. Er hatte sogar ein bisschen Geld vom Überfall. Die anderen beiden hätten ihn um den Rest seines Anteils an der Beute betrogen. So war dein Vater. Das Glück stand ihm nie zur Seite, Josh.«

»Was hast du getan, Mom?«

»Er war müde. Kaputt. Keine Ahnung, wo er sich überall herumgetrieben hat. Er legte sich ins Bett und schlief ein. Man hatte uns damals das Telefon abgestellt, weil wir die Rechnungen nicht mehr bezahlen konnten. Also verließ ich mit dir die Wohnung und von der nächsten öffentlichen Telefonzelle rief ich die Polizei an.«

Ich senkte den Kopf. Versuchte mich an etwas zu erinnern, was in meinem Kopf bisher nicht existiert hatte.

»Josh.«

Ich blickte auf.

»Versuche lieber nicht, dich zu erinnern. Es war mir klar, dass ich dich vor ihm schützen musste. Nachdem ich die Polizei angerufen hatte, gingen wir zusammen in den Zoo. Erst als ihn die Polizei weggeholt hatte, gingen wir zurück.«

»Ich kann mich auch nicht an den Zoo erinnern, Mom«, sagte ich. »Ich kann mich an gar nichts erinnern.«

Sie streckte ihre Hand nach mir aus. »Komm her zu mir, Josh. Komm.«

Ich erhob mich vom Polsterstuhl und ging zu ihr. Sie nahm mich in den Arm und ich legte meinen Kopf an ihre Brust und ich hörte ihr Herz schlagen.

»Nur einmal habe ich ihn seither gesehen, Josh. Bei der Urteilsverkündung im Gerichtssaal und als man ihm die Handschellen anlegte um ihn ins Gefängnis zu überführen.«

»Hat er dir etwas gesagt, Mom?«

Sie senkte für einen Moment den Kopf. Als sie ihn wieder hob, glitzerten Tränen in ihren dunklen Augen.

»Er nannte mich eine hinterlistige Verräterin und schwor, mich zu finden, sobald er aus dem Gefängnis entlassen wird.«

Ich schwieg. Scheinwerferlichter eines Autos strichen über die Vorhänge an den Fenstern. Dad kehrte zurück. Er fuhr Rusty in die Garage.

»Ich komme zurück«, hat dein Vater mir zugerufen, bevor er abgeführt wurde. »Und wenn es das einzige Versprechen ist, das ich in meinem Leben halten werde.«

Mom strich mir mit der Hand übers Haar.

»Er ist zurück. Josh«, flüsterte sie. »Ich weiß es. Inspektor Tritten von der RCMP hat angerufen. Dein Vater ist in Northfork und hat sich nach Vorschrift bei der Polizei gemeldet.«

»Weiß Dad auch von dieser Geschichte?«

»Nein. Ich habe sie nie jemandem erzählt, nicht mal als die Polizei mich verhörte. Ich habe ihnen nichts erzählt. Es machte für mich keinen Sinn, darüber zu reden. Ich dachte damals, ein neues Leben beginnt. Ohne ihn.«

»Danke, Mom«, sagte ich leise, während draußen

Dad seine Schneeschuhe ausklopfte. Er war richtig gut drauf, als er hereinkam.

»Fünfzig Dollar für vier Stunden Regale auffüllen«, triumphierte er, langte in seine Tasche und zog einen Fünfzigdollarschein heraus. Mit einem breiten Grinsen im Gesicht legte er ihn auf den Tisch.

Ich ging auf mein Zimmer, legte mich aufs Bett und konnte nicht verhindern, dass mir die Tränen kamen.

Lange nach Mitternacht lag ich noch immer hellwach in meinem Bett. Im Zimmer war es totenstill. Ich dachte an Sina und fragte mich, ob ich ihr sagen sollte, was damals geschehen war. Schließlich entschied ich, mit niemandem darüber zu reden, außer mit meinem Vater.

Von ihm wollte ich nun nur noch wissen, was er dazu zu sagen hatte. Und warum er Mom nach der Urteilsverkündung zugerufen hatte, dass er eines Tages zurückkehren würde. War es nur eine Warnung gewesen?

8. Eine Überraschung

Die Menschen in Northfork sind keine Weicheier, aber dieser Sturm brachte manche an die Grenzen ihrer Belastbarkeit.

In der Nacht vom Dienstag auf den Mittwoch fing es an zu schneien und es fiel so viel Schnee, dass der Stadtverwaltung die Schneeräumer und das Personal ausging. Das heißt, dass schon am Mittwochmorgen in der Stadt das große Chaos herrschte. Obwohl es der kälteste je gemessene Märztag war, schneite es ohne Unterbrechung. Und eisklirrende Nordwestwinde trieben den Schnee zu Wolken auf und wehten ihn horizontal gegen die Häuser, die Zäune und die Autos, die auf den Straßen stecken geblieben waren. Auf den Nordseiten der Häuser türmten sich meterhohe Schneewehen und im Radio und Fernseher wurden Sturmwarnungen gesendet und die Menschen in Northfork und der weiteren Umgebung aufgefordert, in den Häusern zu bleiben und in Notfällen die Polizei oder den Notfalldienst anzurufen.

Am Mittag ging überhaupt nichts mehr. Keine Schule. Geschäfte blieben geschlossen. Eingeschneite Autos, die auf offener Straße stecken geblieben waren, wurden innerhalb von wenigen Stunden zu Schneehügeln, Hindernisse für die Räumfahrzeuge. Auf der Hauptstraße war ein Sattelschlepper trotz Ketten an allen Rädern ins Rutschen geraten und seitlich zusammengeklappt in ein Backsteingebäude gedonnert, das die älteste Apotheke der Stadt beherbergte.

Am Abend ahnten alle, dass der Sturm noch nicht ausgestanden war. Wenigstens in unserem Haus waren wir sicher. Keiner wäre auf die Idee gekommen, rauszugehen, aber ich telefonierte mehrere Male mit Sina. Ihr Großvater säße wie schon die ganze Zeit auf dem Stuhl am Tisch, das Kinn auf der zusammengerollten Bettdecke aufgestützt, einen Laptop vor sich und lästere über die schlechte Internetverbindung.

»Wie geht's deinem Bruder?«, erkundigte sie sich nach Dany.

»Er hat ziemlich hohes Fieber und jammert, weil er seinen Elvin im Wald vergraben hat.«

»Hast du etwas von deinem Vater gehört?«

»Nein. Du?«

»Ich? Wieso ich?«

»Da er dich nach Hause gebracht hat, weiß er ja wo du wohnst und hat inzwischen deinen Namen und deine Telefonnummer in Erfahrung gebracht.«

»Josh, lass dich nicht verrückt machen.«

»Tu ich nicht. Ich glaube nur nicht, dass er so

harmlos ist, wie du denkst.«

»Ich habe nicht gesagt, dass ich das denke, Josh. Aber es gibt auch keinen Grund zu glauben, dass er etwas Böses im Schilde führt.«

»Er ist ein entlassener Sträfling, der sich einer gerichtlichen Auflage entsprechend polizeilich melden muss, wenn er irgendwohin zieht, um sich dort niederzulassen.«

»Wer sagt denn, dass er sich hier niederlassen will? Ich dachte, er will nur bis zum Frühling hier bleiben. Wen hat er denn sonst, wo er hingehen könnte? Zehn Jahre im Gefängnis. Ich will hier nicht auf die Tränendrüse drücken, Josh, aber wahrscheinlich bist du der einzige, den er sehen wollte, als man ihn entlassen hat.«

»Nicht ganz«, antwortete ich ihr. »Weißt du, wo wir waren, als du in der Eishalle mit Dad geredet hast? Wir sind rausgefahren zur alten Stahlbrücke und bis zur Stelle, wo der Weg abzweigt, der zur Hütte meines Großvaters führt.«

»Logan Mortimer.«

»Ja, genau. Dort draußen hat er angehalten. Der Weg ist völlig zugeschneit. Soll ich dir sagen, was er getan hat? Er ist ausgestiegen und hat sein Gewehr, das er im Stauraum unter einer Decke verborgen hatte, hervorgeholt und ist bis zur Abzweigung gegangen und hat einen Schuss abgefeuert.«

»Worauf hat er gezielt?«

»Er hat auf nichts gezielt. Er hat nur einfach einen Schuss abgegeben. Und als er zum Pickup zurückkehrte und das Gewehr wieder verstaute, sagte er, jetzt wisse Großvater, dass er hier sei.«

»Und jetzt? Was schließt du daraus, Josh?«

»Der Schuss war ein Signal, Sina.«

»Hm, glaubst du, dass dein Großvater den Knall des Schusses gehört haben könnte?«

»Weiß ich nicht. Vielleicht hat sein Hund ihn gehört. Chip.«

»Heißt so sein Hund?«

»Chip«, wiederholte ich den Namen.

»Und warum glaubst du, dass er deinem Großvater ein Signal geben wollte.«

»Großvater war der einzige von uns, der ihn im Gefängnis besuchte. Ich habe lange darüber nachgedacht, Sina. Vor dem Einschlafen. Und mitten in der Nacht wache ich auf. Ich kenne meinen eigenen Vater nicht, und ich weiß auch nicht, ob ich ihn wirklich kennen lernen will.«

»Gib ihm eine Chance, Josh.«

»Das sagst du so leicht, Sina. Aber es ist nicht so einfach. Vielleicht verbindet ihn ein Geheimnis mit meinem Großvater, von dem wir alle nichts wissen.«

»Warum fragst du ihn nicht, wenn du ihn das nächste Mal siehst?«

»Warum sollte er mir ein Geheimnis verraten, von dem wir alle nichts wissen?«

»Weil du sein Sohn bist, Josh, und dein Vater nach Northfork gekommen ist, um dich zu sehen.«

»Gut, wir haben uns gesehen. Jetzt könnte er uns vielleicht den Gefallen tun, und wieder von hier verschwinden.«

Sie lachte auf. »Das meinst du nicht im Ernst, Josh.«

»Stimmt«, gab ich zu, aber so sicher wie es klang, war ich mir nicht.

Es schneite bis nach Mitternacht, dann wurde der Wind schwächer und schwächer, aber es hörte nicht auf zu schneien und am Morgen, als endlich der Tag graute konnten wir durch die Fenster sehen, dass unser Haus von mächtigen Schneewehen umgeben war und wir es sozusagen freischaufeln mussten.

Also holten Dad und ich die Schippen aus dem Vorraum, wo die Parkas hingen und schön aufgereiht unsere Winterstiefel standen, öffneten die Hintertür und gruben uns durch die meterhohen Schneemassen einen Pfad um das Haus herum zur Frontseite und einen zu unserer Garage. Wir arbeiteten nebeneinander, Dad und ich, kamen dabei ganz schön ins Schwitzen, bis wir endlich das Nachbarhaus Haus und das Haus auf der anderen Straßenseite sehen konnten und die Einfahrt zur Garage freigeschaufelt war

Ein Belag von Restschnee knirschte unter unseren

Stiefelsohlen, als wir zurück ins Haus gingen. Mutter hatte inzwischen Tee für uns beide aufgebrüht, mit Lakritze gesüßt, so wie wir ihn alle am liebsten mochten.

Nachdem Dad und ich uns der durchgeschwitzten Winterklamotten entledigt hatten, setzten wir uns an den Tisch, und Mutter holte Dany aus seinem Zimmer. Seit mehr als zwei Tagen hatte er Fieber und war verschnupft. Nichts als eine kleine Erkältung, meinte Mom, aber unser Hausarzt Dr. Wallace verschrieb ihm telefonisch einen fiebersenkenden Hustensaft, den ich am Tag zuvor in der Apotheke geholt hatte, in die der Sattelschlepper geschlittert war.

Mein Bruder trank eine Tasse von dem Tee und einen gestrichenen Esslöffel mit Hustensaft und fragte danach mit fiebrig glitzernden Augen, ob wir zusammen Großvater besuchen könnten, dessen Hütte wahrscheinlich vom Schnee zugedeckt worden war. »Großvater weiß sich zu helfen«, versuchte Mom ihn zu beruhigen. »Denke mal, Dany, wie viele Blizzards er schon dort draußen in seiner Hütte überlebt hat.«

»Trotzdem sollten wir nach ihm sehen«, beharrte Dany. »Ich will nicht, dass er erfriert.«

»Das will niemand von uns, Dany, aber wie du selbst weißt ist es ein langer Weg bis zu seiner Hütte, und es bleibt uns nichts anderes zu tun, als besseres

Wetter abzuwarten und zu hoffen, dass die Land-
straße bald von der Schneefräse freigemacht werden
kann.«

Dany sah mich an, wollte wahrscheinlich, dass ich
Dad widersprechen würde, aber das tat ich nicht.

»Es gibt eben wichtigere Straßen als die Straße zur
alten Stahlbrücke. Außer Großvater lebt nämlich
niemand mehr dort draußen.«

»Und Wölfe und Bären«, sagte Dad. »Sogar die
Indianer sind fast alle weggezogen. Nur Großvater
wollte nicht. Er wurde dort draußen geboren und er
wird dort draußen…« Er brach ab, bevor ihm das
letzte Wort über die Lippen kommen konnte.

Dany suchte bei Mom Unterstützung.

»Mom, jemand sollte nach ihm schauen«, sagte er.
»Er hat nicht einmal ein Telefon.«

»Das stimmt, Dany«, antwortete ihm Mom und
strich ihm mit der Hand über seinen wilden Haar-
schopf, der sich nicht einmal mit einer Hundebürste
zähmen ließ. »Sobald das Wetter es zulässt, werden
wir nach ihm sehen, nicht wahr, Greg?«

Dad schob eine schön verzierte Dose mit hausge-
machten Cookies über den Tisch. »Greif zu, Dany,
bevor sie alle aufgegessen sind. Mom macht die besten Cookies auf der Welt.«

Dany wollte nicht. »Dad, mit dem Schneemobil
bist du in zwei Stunden am Fluss.«

Dad lachte auf. »Ich würde mit unserem alten

Schneemobil im Tiefschnee stecken bleiben, bevor ich den Waldrand erreiche. Nein, Dany, dein Großvater ist dort draußen gut aufgehoben. Du weißt ja, dass er im Sommer alles Brennholz für einen langen Winter geschlagen hat. Und seine Vorratskammer ist voll mit Lebensmitteln.«

»Ich war mit ihm im Wald, und wir haben Bäume gefällt. Und ich habe in seinem Garten Kartoffeln eingegraben und Karottensamen ausgesät, und Bohnen und Wintergemüse.«

»Na, siehst du, um deinen Großvater brauchst du dir keine Sorgen zu machen, Dany«, versicherte ihm Mom. »Aber wenn du wieder gesund bist, fahren wir alle raus zu ihm und bringen ihm eine Flasche Feuerwasser. Davon dürfte sein Vorrat schon ziemlich knapp geworden sein.«

Dany freute sich und versprach, ganz schnell wieder gesund zu werden aber es verging fast eine Woche, bis er kein Fieber mehr hatte.

Vergeblich wartete ich in dieser Woche auf einen Anruf von meinem Vater, und jeden Tag musste ich mich der Versuchung widersetzen, die Wilderness-Lodge anzurufen in der er wohnte.

Schließlich tat ich es trotzdem, als ich die Kleine hütete, während Mom Dany zu einer Nachbarsfamilie brachte, wo er mit deren Kindern spielen konnte. Keine Ahnung, wann Mom wieder zurückkehren würde, aber ich beeilte mich und vertippte mich beim Wählen der Nummer drei Mal, bevor sich dann endlich die Rezeption meldete.

»Mister Baxter? Einen kleinen Moment bitte.«

Ich ging mit dem Handy zum Fenster in der Küche, von dem aus ich einen Überblick über die Zufahrt zur Garage hatte und wenn ich mich vorbeugte, sogar die Haustür sehen konnte.

»Es tut mir leid, aber Mister Baxter ist einen Tag vor dem Sturm abgereist«, teilte mir eine freundliche Frauenstimme mit. »Kann ich sonst noch was für Sie tun?«

Ich drückte hastig die Aus-Taste, ohne mich bei der Rezeptionistin für ihre Auskunft zu bedanken oder ihr wenigstens einen schönen Tag zu wünschen.

Für einen Moment stand ich wie gelähmt in der Küche, unfähig, mich zu rühren

Abgereist? Warum abgereist? Wohin denn? Hatte er nicht bis zum Frühjahr hierbleiben wollen? Sich noch einmal mit mir treffen und zu meinem Großvater hinausfahren?

Die Fragen wirbelten durch meinen Kopf wie die Schneeflocken es während des Sturms getan hatten und es fielen mir keine Antworten ein, mit denen ich sie hätte zur Ruhe bringen können. Ich wünschte mir, meine Mutter wäre hier gewesen. Ich hätte ihr eine Frage gestellt, die vielleicht nur sie beantworten konnte.

Ich rief Sina an.

Sie war zum Glück Zuhause. Unsere Schule war wegen der Schneeräumarbeiten noch geschlossen. Die Turnhalle hatte durch die Last des Schnees einen Dachschaden abgekriegt. Stand sogar in unserer Zeitung, mit einem Bild vom eingedrückten Dach.

«Josh? Ist was passiert?«

»Mein Vater ist weg!«, platzte ich heraus.

»Weg?«, fragte sie ungläubig.

»Weg! Ich habe eben mit der Rezeptionistin der Lodge gesprochen. Ein Tag vor dem Sturm ist er abgereist.«

»Und? Hat er vielleicht an der Rezeption etwas für dich hinterlassen. Eine Nachricht oder sonst was?«

»Ich habe aufgelegt.«

»Aufgelegt? Was meinst du damit, Josh?«

»Ich war so geschockt, dass ich einfach aufgelegt habe. Außerdem, wenn ich es mir jetzt überlege, dann gibt es keinen Grund, eine Nachricht oder irgendwas zu hinterlegen. Er hätte mich doch einfach anrufen können.«

»Josh, lass mich die Wilderness-Lodge anrufen. Du bist zu aufgeregt. Lass mich die Rezeptionisten fragen.«

»Das kannst du gern tun, aber ich bin sicher, dass er einfach abgehauen ist.«

»Josh, ich ruf dich gleich wieder an.«

Gleich war für mich eine halbe Minute oder so, aber es dauerte fast zehn Minuten, bis mein Handy klingelte.

»Und?«, zischte ich ins Telefon. »Ich hab's dir gesagt. Er ist einfach ...«

»Josh, er hat einen Briefumschlag hinterlassen. Mit deinem Namen drauf. Und er hat der Rezeptionistin, einer Frau Lange gesagt, dass du ihn ganz bestimmt abholen wirst.«

Ich war wie vor den Kopf gestoßen. Hörten denn heute die Überraschungen nie mehr auf?

»Josh, wenn du willst fahren wir zur Lodge raus und holen den Umschlag. Großvater braucht seinen kleinen Toyota Pickup bestimmt nicht, trägt er doch den Arm noch immer in einer Schlinge.«

»Soll ich zu dir kommen?«

»Nein. Ich hole dich ab. Wir sagen deiner Mom, dass wir uns zusammen im Cineplex den neuen Film in dem Ezra, wie heißt er noch, Dingsbums, mitspielt, reinziehen und zum Abendessen wieder zurück sind.«

»Okay. Der heißt Miller. Ezra Miller.«

»Okay. Ich mach noch meinen PC zu und fahr dann zu euch.«

»Okay.«

Keine zwanzig Minuten später bog sie in unseren Driveway ein und hielt an, ohne den Motor auszuschalten. Mom war auch eben zurückgekehrt. Als ich ihr sagte, Sina und ich würden uns im Cineplex den neuen Streifen mit Ezra Miller ansehen, kniff sie die Augen etwas zusammen. Keine Ahnung, was sie sich in diesem Moment ausdachte. Sie war misstrauisch.

»Warum kommt Sina nicht rein?«

»Wir wollten gleich weg, sind aber schon um sieben wieder zurück. Sina hat gesagt, dass sie und ich für alle kochen werden.«

»Josh, wir müssen miteinander reden!«

»Jetzt?«

»Nein, jetzt bist du mit Sina verabredet. Morgen. Dany schläft mit ein paar andern zusammen bei seinem Freund. Wir reden morgen früh.«

»Haben wir denn nicht schon miteinander geredet, Mom?«

»Nein. Ich weiß, dass er hier ist und glaube, du hast dich mit ihm getroffen.«

»Okay, wir reden morgen, Mom. Jetzt müssen wir weg.«

Beim Hinausgehen gab ich ihr einen schnellen Kuss. Hatte ich schon lange nicht mehr getan, aber jetzt passte es. Ich war erleichtert. Wie von einer Last befreit.

Draußen saß Sina am Steuer des verbeulten und halb verrosteten Toyotas. Die Beifahrertür musste sie mit dem Fuß von innen aufdrücken. Ich stieg ein und gab ihr auch grad einen Kuss. Sie staunte nicht schlecht.

»Wofür war der?«, fragte sie.

Ich lachte. »Dafür, dass es dich gibt.«

Sie schüttelte den Kopf. Dachte wohl, ich sei nicht ganz bei Trost. Und das war ich in diesem Moment auch. Mein Vater war abgehauen und alles würde wieder wie früher sein, als ich schon fast vergessen hatte, dass es ihn überhaupt gab, aber ich irrte mich gewaltig.

Josh, ich musste noch mal weg. Einige Dinge gehören erledigt. Ich ruf dich an. Herb Baxter

Herb Baxter? Ich starrte auf den Zettel auf den er dies geschrieben hatte. Las all die Worte noch einmal und noch einmal, aber sie machten für mich auch nach zehnmaligem Durchlesen keinen Sinn. Sina, die hinter mir stand und über meine Schulter hinweg mitgelesen hatte, schnaubte durch die Nase.

Ich sah sie an.

»Macht absolut keinen Sinn«, sagte ich ärgerlich. »Er hätte mich anrufen und mir sagen können, warum er noch einmal weggehen muss!«

»Das steht doch alles auf dem Zettel, Josh«, versuchte Sina mich zu beschwichtigen.

»Er hat nur geschrieben, dass er weg musste, um was zu erledigen!«

Sie warf mir einen merkwürdigen Blick zu.

»Er hat dir alles geschrieben, was du wissen sollst.«

»Ich würde gern wissen, was er zu erledigen hat!«

»Josh, er hat dir geschrieben, dass er wieder zurückkommen wird.«

»Ah, und wo steht das hier? Kein Wort davon, Sina. Hier steht nichts drauf, außer dass er weg musste und mich anrufen wird. Kein Wort davon, wohin er gegangen ist und was es dort zu erledigen gibt und dass er wieder zurückkommt.«

»Er hätte wohl etwas ganz anderes geschrieben, wenn er für immer weggegangen wäre, Josh«, wandte Sina ein.

»Was denn?« Ich verlor beinahe die Beherrschung. »Was denn, verdammt?«

»Dass er dir und deiner Familie nicht länger in die Quere kommen will und deshalb zurück geht.«

»Zurück? In den Knast? Mein Gott, du denkst wirklich, dass dieser Herb Baxter ein guter Mensch ist, Sina, aber so ist es nicht. Es ist etwas zwischen ihm und Mom geschehen, als ich klein war. Allein deswegen ist er doch hierhergekommen, um mich von meiner Familie wegzuholen.«

Sie winkte energisch ab.

»Hat er sich denn dir gegenüber so verhalten, Josh? Oder hat er schlecht über deine Mutter geredet, oder dich bedroht?«

»Nein, aber ich habe ihm auch gleich von Anfang an zu verstehen gegeben, dass es besser für uns alle ist, wenn er wieder von hier verschwindet. Das habe ich ihm deutlich gesagt.«

»Obwohl es nicht so ist, Josh.«

»Verdammt, was meinst du damit?«

Die Rezeptionistin hob den Kopf und sah mit einem mahnenden Blick zu uns herüber, obwohl sich zurzeit überhaupt niemand in der Lobby befand.

Demonstrativ schritt ich zum Kamin und warf den Zettel und den Umschlag ins Feuer. »So, das wäre erledigt! Mir ist es egal, ob ich ihn noch einmal sehe oder nicht. Scheißegal.« Trotzig blickte ich kurz zur Rezeption hinüber. Ich hatte draußen auf dem Parkplatz zwar ein paar Autos gesehen, aber dieses zweistöckige Blockhaus mit dem gläsernen Portal schien unbewohnt, so still war es hier drin. Nur ganz leise vernahm ich einschläfernde Musik.

Mein Handy klingelte. Ich griff danach, aber ich ließ es klingeln. Sina schüttelte den Kopf. »Trotzkopf«, flüsterte sie mir zu. Ich schaute auf das Display. Es zeigte eine mir fremde Nummer. Ich hob ab und dachte, mein Vater würde sich melden. Aber ich hatte einen Polizisten dran. Inspektor Tritten von der RCMP.

»Spreche ich mit Joshua Mortimer?«, fragte er.

»Der bin ich«, sagte ich. »Ist was passiert?«

»Wir sind hier bei dir daheim, Joshua. Dein Vater will dich sprechen.«

»Mein Vater?«, schnappte ich. »Was ist denn …«

»Josh. Ich bin's, Dad«, wurde ich jäh unterbrochen. An seiner Stimme merkte ich, wie aufgeregt er war.

»Hallo, Dad. Was ist los?«

»Wo bist du?«

»In der Wilderness-Lodge.«

»Du musst sofort nach Hause kommen, Josh. Sina soll dich nach Hause bringen, falls sie bei dir ist.«

»Sie sitzt hier in der Lobby am Kamin. Was ist denn geschehen, Dad?«

»Dein Bruder, Dany ist verschwunden.«

Mir wurde auf einen Schlag krass schwindelig. Ich klappte zusammen, taumelte und fiel in den Stuhl, in dem schon Sina saß, so dass wir mit den Köpfen heftig zusammenknallten. Benommen rappelte ich mich auf und hob mein Handy vom Boden auf.

»Bist du noch dran, Dad?«

»Dad!«

Er musste die Verbindung abgebrochen haben. Ich schaute mich nach Sina um. Sie presste die Hand auf ihre Stirn. Ein bisschen Blut lief zwischen ihren Fingern hervor und über ihren Handrücken.

»Wir müssen nach Hause«, stieß ich hervor, während ich meine Beule am Hinterkopf betastete und dabei merkte, dass an meinen Fingerspitzen Blut kleben blieb.

Die Rezeptionistin, ein Mädchen, das kaum älter war als Sina, stürzte aus einem Nebenraum in die Lobby, bemerkte sofort, dass wir Hilfe brauchten und holte uns Papierservietten aus dem Saal und zwei Plastiktüten mit Crushed Ice.

So fuhren wir nach Hause, in der frühen Dämmerung quer durch die Stadt, und die ganze Zeit drückte ich einen der Eisbeutel von Servietten umhüllt gegen Sinas Stirn und den anderen auf die Beule auf meinen Brummschädel. Noch bevor wir in unsere Straße einbogen, überholte uns ein Streifenwagen der Polizei.

Die Zufahrt zu unserem Haus war von Polizeiautos blockiert. Auch vor den Häusern unserer Nachbarn, den Zierbechers und der Nadlers, standen mehrere Streifenwagen. Von einem der unbebauten Grundstücke hob sich ein Hubschrauber in den grauen Himmel. Seine Rotorblätter wirbelten Schneewolken auf. Sie zogen wie Nebelschwaden über die Straße und über die Häuser am Rand des Waldgebietes, das sich nach Norden hin bis zum Fluss und weiter hinweg bis zu den fernen Hügeln ausbreitete. Das Licht des Suchscheinwerfers streifte die Wipfel der Bäume, aber die Nachtschatten, die durch die Wälder krochen, vermochten sie kaum zu durchdringen.

Sobald Sina den Motor abgestellt hatte, stieg ich aus und lief zum Driveway unseres Hauses. Mom öffnete mir die Tür. Sie hatte die Kleine im Arm und wich von mir zurück, als wäre ich ein Fremder.

»Mom, wo ist Dany?«

Hinter mir kam Sina ins Haus, aber sie blieb sofort stehen, als sie meine Mutter mit der Kleinen im Flur stehen sah mit diesem verzerrten Gesichtsausdruck und den dunklen, schmerzerfüllten Augen die mich und sie anstarrten, als wären wir schuld an dem, was hier passiert war.

»Mom, was ist geschehen?«

Sie atmete schnell hintereinander tief durch. Ich hatte sie im Leben noch nie so hilflos gesehen, dabei hatte ich immer geglaubt, sie sei die stärkste Mutter der Welt.

»Dein Bruder, Dany, ist nicht nach Hause gekommen«, presste sie hervor.

Ich stand vor ihr und wusste nicht, was ich ihr darauf hätte antworten können, um sie zu besänftigen und gleichzeitig aufzumuntern. Heute denke ich, dass alles falsch gewesen wäre, was ich ihr in diesem Moment gesagt hätte. Da kam mir Sina zur Hilfe. Sie ging einfach zu meiner Mutter und umarmte sie und die Kleine.

»Dany wird nach Hause kommen«, flüsterte sie. »Wahrscheinlich war er im Wald und hat sich nur verlaufen.«

Tränen rannen Mom über die Wangen, als ich mich umdrehte und zur Hintertür stürzte. Sie war nicht abgesperrt. Im Garten hinter dem Haus waren Dad und Leute aus unserer Nachbarschaft dabei, mit ihren Taschenlampen den Waldrand entlang zu gehen. Ununterbrochen riefen sie Danys Namen in den Wald hinein. Ich lief auf meinen Dad zu. Er bemerkte mich, drehte sich mir zu und kam mir entgegen.

»Josh, Dany hat mit Nachbarkindern im Wald gespielt. Sie sind alle nach Hause zurückgekehrt, außer ihm.«

»Dann muss er noch in der Nähe sein, Dad. Auf der Lichtung vielleicht, wo er Elvin einge…«

»Josh, ich weiß nicht mehr wo das genau war. Es ist ein RCMP Hubschrauber über dem Wald und sucht nach ihm.«

»Ich weiß den Weg zur Lichtung, Dad. Soll ich …«

»Es sind Spuren im Schnee. Von den Jungs. Die Polizei will nicht, dass einfach ziellos im Wald herumgelaufen wird und dadurch vielleicht Danys Spuren zerstören werden.«

»Ich kann einen oder zwei Polizisten zur Lichtung führen, Dad! Vielleicht hat er sich dort versteckt.«

»Josh, wir müssen ihn finden! Allein im Wald überlebt Dany diese Nacht nicht.«

»Dad, gib mir deine Taschenlampe!« Ich streckte meine Hand aus. »Wenn Dany dort draußen ist, bringe ich ihn zurück.«

Mein Dad gab mir die Lampe und ich lief sofort los.

Ich wusste in diesem Moment genau, was ich tat, obwohl in meinem Kopf ein furchtbares Durcheinander herrschte. Ich lief ein Stück den Waldrand entlang. Niemand hielt mich auf. Alle waren damit beschäftigt, nach Dany zu rufen und mit ihren Taschenlampen in den Wald hineinzuleuchten, in dem sich bereits die Dunkelheit eingenistet hatte.

Es waren vielleicht etwa dreihundert Meter bis zur kleinen Lichtung und ich wurde von den Stimmen der Leute begleitet, und die Befürchtung, dass Dany sich nicht auf der Lichtung aufhielt, sondern womöglich tiefer in den Wald gegangen war und sich inzwischen verirrt hatte, trieb mich an.

Die Schneedecke im Wald war viel weniger hoch als auf ungeschützten Stellen um unsere Häuser herum und am Waldrand. Selbst ein kleiner furchtloser Junge wie Dany konnte fast überall vorankommen, wenn er gut aufpasste und sich nicht in den Ranken der Brombeerbüschen verfing.

Der Lichtkegel der Taschenlampe jagte vor mir her durch den Wald, tanzte über den Schnee und die Baumstämme, auf und ab, nach links und nach rechts, und während ich lief, rief ich Danys Namen. Einige Male blieb ich stehen, rührte mich nicht mehr vom Fleck und hielt sogar den Atem an, obwohl ich beim Laufen schon fast keine Luft mehr bekommen hatte. »Dany!«, rief ich und hörte meine Stimme nach, die nach kurzer Zeit verhallt war. Im Weiterlaufen stürzte ich über einen Wurzelstock und fiel der Länge nach in den Schnee. Einen Moment lang blieb ich regungslos liegen. Ich hatte Schnee in den Augen, im Mund und in der Nase.

Als ich mich aufrappelte, hörte ich Danys Stimme. Sie kam von irgendwoher, nur nicht von dort, wo sich die Lichtung befand. Bevor ich weiterlief, rief ich nach ihm, aber es kam keine Antwort. War es wirklich Danys Stimme gewesen, die ich gehört hatte, oder eine der Stimmen, die vom Waldrand her durch den Wald drang? Ich drehte mich auf der Stelle. Der Schnee brannte in meinem Gesicht.

»Dany!«, rief ich, und immer wieder, bis ich schließlich sicher war, dass sich Dany nicht in meiner Nähe befand. Ich lief weiter und erreichte nach kurzer Zeit die Lichtung. An ihrem Rand hielt ich an. Keine Spuren von Danys kleinen Schneestiefeln. Der Wind, der durch den Wald rauschte, verwehte den Neuschnee auf dem Boden der Lichtung. Keine Spur von Dany. Ich sah hinüber zum Baum, wo er Elvin eingegraben hatte. Rief seinen Namen. Nichts. Die Stimmen vom Waldrand her waren noch immer zu hören, aber jetzt vom Wind verweht. Ich ging mit der Taschenlampe in der Hand auf die Lichtung hinaus und verharrte mitten im Schritt, als sich zwischen den Bäumen auf der anderen Seite der Lichtung eine Gestalt erhob, eine helle Silhouette, formlos und ohne Gesicht. Sie löste sich vor meinen Augen in Nichts auf und ich wusste, dass es kein Lebewesen war, das sich dort drüben vom Boden erhoben hatte, sondern nichts anderes als eine dünne Wolke von aufgewirbeltem Schnee und feinen Eiskristallen.

Mitten auf der Lichtung blieb ich stehen. So laut ich nur konnte, rief ich nach Dany, aber ich erhielt keine Antwort. Über mir, am Sternenhimmel, tauchte jetzt der Hubschrauber auf. Als sein Scheinwerferlicht mich traf, duckte ich mich. Der Hubschrauber schwebte über der Lichtung, und in seinem ohrenbetäubenden Lärm verstummte jedes andere Geräusch, auch das des Windes und die Stimmen unserer Nachbarn, die nach Dany riefen.

Ich lief in den Wald hinaus und suchte Schutz im Unterholz. Aber der Scheinwerfer folgte mir, jagte durch den Wald hinter mir her bis ich stehen blieb. Ich kauerte mich nieder, schützte meine Ohren mit den Händen. Der Helikopter verharrte über mir und ich war sicher, dass die beiden Piloten des Hubschraubers glaubten, Dany entdeckt zu haben. Ein wenig später sah ich die Lichter von Taschenlampen auf mich zukommen und ich stand schnell auf und ging ihnen entgegen.

Dad war einer der ersten, die mich erreichten.

»Hast du ihn gefunden, Josh?«, rief er mir zu.

Ich schüttelte den Kopf.

»Er ist nicht auf der Lichtung, Dad.«

Ich sah, wie Dad's Schultern vor Enttäuschung heruntersackten.

Fast hundert Leute aus Northfork beteiligten sich bis tief in die Nacht hinein an der Suche nach Dany. Im Radio kam ein Aufruf an die Bevölkerung, nach einem kleinen Jungen Ausschau zu halten, der sich mit größter Wahrscheinlichkeit im Waldgebiet zwischen der Stadt und dem Fluss verlaufen hatte. In unserer Straße war die ganze Nacht hindurch die Hölle los. Bei unseren Nachbarn gab es Tee und Häppchen. In unserer Garage konnten sich die Leute aufwärmen, wenn sie aus dem Wald zurückkehrten. Einige brachen nach kurzer Zeit wieder auf, aber sie kehrten alle unverrichteter Dinge zurück. Auch Dad und ich beteiligten uns an der Suche. Ich wurde das Gefühl nicht los, dass mich allein die Tatsache, dass ich Danys Bruder war, zu ihm führen würde, aber jedes Mal, wenn ich zum Haus zurückkehrte, fehlte mir ein bisschen mehr von der anfänglichen Überzeugung, Dany lebend wiederzusehen.

Ein tiefblauer Sternenhimmel mit einer dünnen Mondsichel wölbte sich über unserer Stadt und das Waldgebiet, in dem eine, für das menschliche Auge fast undurchdringliche Dunkelheit herrschte. Nach Mitternacht sank die Temperatur auf minus fünfzehn Grad.

In der Ferne leuchteten blasse Nordlichter.

Einige unserer Nachbarn fuhren nun mit ihren Schneemobilen langsam durch den Wald. Das quälende Geheul ihrer Motoren erfüllte die Nacht, zusammen mit dem des Helikopters, der allerdings um zehn Uhr zur RCMP Station zurückflog, da die Suche aus der Luft bei diesen Temperaturen keinen Sinn mehr machte.

Die Niedergeschlagenheit der Leute, die aus dem Wald zurückkehrten, war ihren Gesichtern abzulesen. Je länger diese Suche andauerte, desto weniger glaubten sie, dass Dany eine Chance hatte, diese unsägliche Nacht durchzustehen. Dazu war es zu kalt und zu dunkel. Nur ein Wunder hätte ihn retten können, doch gab es solche Wunder in der Wirklichkeit überhaupt?

Ich weiß nicht, wie viele Leute in Northfork in dieser Nacht für ihn beteten. Einige Tausend müssten es gewesen sein und ich gehörte genauso zu ihnen wie Mom und mein Dad.

Lange nach Mitternacht, als ich zu müde geworden war, um noch einmal in den Wald hinauszugehen und kaum mehr die Kraft hatte, in unserem Haus die Treppe hinauf zu steigen, fiel ich in meinem Zimmer aufs Bett und blickte durchs Fenster zu den Sternen hinauf, während ich Gott bat, meinen kleinen Bruder in dieser Nacht bei sich aufzunehmen, so dass er nicht erfrieren konnte. Das Gebet machte mir Mut und gab mir die Zuversicht, dass wir Dany am Morgen, wenn endlich der neue Tag graute, finden würden.

Ich erhob mich und duschte heiß, bevor ich mich ins Bett legte.

Mom kam herauf und brachte mir eine Tasse Tee.

Sie setzte sich bei mir aufs Bett strich sich eine ihrer dunklen Haarsträhnen aus dem Gesicht.

»Entschuldige, Mom«, flüsterte ich ihr zu. »Entschuldige, dass ich dich angelogen habe.«

»Es ist nicht mehr zu ändern, Josh«, antwortete sie mir, und ich hörte, wie ihre Stimme zitterte.

Obschon ich wusste, wie verzweifelt sie selbst in diesem Augenblick war, hätte ich mich nirgendwo geborgener gefühlt als in den Armen meiner Mutter. Irgendwann hörten wir beide, wie Dad zurückkehrte und die Hintertür hinter sich zusperrte. Er zog die Stiefel die Jacke und die Überziehhose aus. Schweren Schrittes kam er die Treppe herauf und ging ins Schlafzimmer, kam aber nach kurzer Zeit wieder heraus und rief nach Mom.

»Ich bin bei Josh.«

Dad machte die Tür auf und kam herein. Er sah furchtbar aus. Alt und müde, mit herabhängenden Schultern und auf unsicheren Beinen. Im Gesicht hatte er eine blutverkrustete Schramme, wahrscheinlich vom Ast eines Baumes. Mitten im Zimmer blieb er schwankend stehen und atmete einmal tief durch.

»Gott«, sagte er, »steh unserem Kleinen bei.«

Das war sein Hilferuf, auch wenn er ihm fast lautlos über die Lippen kam.

Mom löste sich von mir und erhob sich vom Bettrand. Sie ging zu Dad und umarmte ihn und ich glaube, es war nicht er, der sie stützen musste sonders es war Mom, die ihm den Halt gab den er brauchte um nicht mitten in meinem Zimmer zusammenzubrechen. »Komm«, flüsterte sie. »Du kannst jetzt nichts mehr tun, Greg. Komm, lassen wir Josh schlafen.«

Mom löschte das Licht und sie verließen mein Zimmer. Ich lag wach. Lag steif wie ein Brett im Bett, hörte meine Zähne knirschen und starrte durchs Fenster zu den funkelnden Sternen hinauf.

Irgendwann schlief ich doch noch ein, aber mein Schlaf war ein wildes Durcheinander von Träumen, in denen immer wieder Dany auftauchte. Einmal war jemand bei ihm. Ich konnte nicht erkennen, wer es war. Eine dunkle Gestalt in einem wallenden Mantel. Sie zog den Mantel aus und legte ihn über Dany, der ihr zu Füßen am Boden lag, zusammengerollt wie ein kleiner Hund.

Als ich erwachte, war es still in unserem Haus. So still wie nie zuvor.

In dieser Stille fehlte etwas, aber ich konnte nicht hören, was es war.

9. Die Suche nach Dany

Die Suche nach Dany wurde am nächsten Tag fortgesetzt. Es schneite leicht und die Dämmerung ließ lange auf sich warten.

Sina rief mich kurz vor acht Uhr an und sagte mir, dass sie uns beide in der Schule entschuldigt hatte und dass sie zu uns herüberkommen würde, um bei Mom zu sein und ihr im Haushalt zu helfen.

In den Frühnachrichten wurde Inspektor Tritten von der RCMP gefragt, was denn die Bevölkerung tun könnte, um Dany aufzuspüren. Er hat darauf geantwortet, dass inzwischen fast zweihundert Einsatzkräfte der Polizei, der RCMP und der Feuerwehr das ganze Waldgebiet bis zum Fluss systematisch und nach einem genauen Einsatzplan durchkämmen würden und die Leute, die dort draußen nichts verloren hätten, zu Hause bleiben sollten.

Sina rief erneut an.

»Die Suche soll noch intensiviert werden«, erklärte sie mir. »Die ganze Stadt sucht nach Dany.«

»Vielleicht ist schon alles zu spät«, antwortete ich ihr müde.

»Der Inspektor meinte, dass dein Bruder vielleicht Schutz vor der Kälte gefunden hat. Du weißt ja, es ist ein ziemlich unübersichtliches Gebiet, durchzogen von Senken und Gräben und Anhöhen.«

»Die Kinder, die nach Hause zurückkehrten haben nicht einmal gemerkt, dass er fehlt«, entgegnete ich ihr. »Und niemand hat auch nur eine Spur von ihm entdeckt, nirgendwo.«

»Die Kinder kehrten zurück, als es dunkel wurde. Es kann sein, dass Dany sich ganz in der Nähe …«

»Dany war nicht bei ihnen!«, entgegnete ich ihr scharf. »Nein, ich werde heute Inspektor Tritten sagen, was ich denke.«

»Willst du ihm vielleicht sagen, dass dein Vater etwas mit dem Verschwinden von Dany zu tun hat, Josh?«, fragte sie ungläubig. »Das würde ich mir an deiner Stelle genau überlegen.«

»Er ist abgehauen und gleichzeitig ist Dany verschwunden.«

»Das kann ein Zufall sein. Niemand hat der Polizei etwas Verdächtiges gemeldet, Josh. Keiner von euren Nachbarn hat irgendetwas gesehen, keinen fremden Pickup oder einen Fremden, der sich in der Nähe herumgetrieben hat.«

»Das heißt aber nicht, dass er Dany nicht im Wald aufgelauert hat um ihn zu entführen.«

»Warum sollte er ihn überhaupt entführen wollen? Herb Baxter ist nach Northfork gekommen, um dich zu sehen, Josh. Du bist sein Sohn! Dany hat einen anderen Vater!«

»Du vertraust ihm blind, nicht wahr? Als ob du ihn kennen würdest. Aber hier in Northfork kennt ihn niemand, außer meiner Mutter.«

»Und dein Großvater, Josh!«

Mit diesem knappen Einwand löschte Sina auf einen Schlag alle Gedanken aus, die mich quälten, seit ich an diesem Morgen aus einem unruhigen Schlaf aufgewacht war.

»Meinst du, er ist zur Horseshoe Bend gefahren, um sich mit Großvater zu treffen?«

»Das weiß ich nicht, aber es könnte gut sein, Josh. Du hast mir gesagt, dass dein Großvater der einzige war, der ihn im Gefängnis besucht hat. Mehrere Male sogar.«

»Sina, ich muss mit Inspektor Tritten reden. Wir dürfen nichts außer Acht lassen und keinen Fehler machen. Mit dem Hubschrauber sind wir in nicht einmal einer halben Stunde am Fluss. Vielleicht ist mein Vater dort draußen.«

»Mit Dany?«, zweifelte sie an meinen Worten.

»Mit oder ohne ihn.« Ich drückte auf die Austaste und wählte die Nummer der RCMP Station von Northfork. Nachdem ich dem Beamten im Sekretariat meinen Namen genannt hatte, verband er mich mit dem Inspektor.

»Joshua Mortimer, was kann ich für dich tun?«

»Ich weiß, wo Dany sein könnte!«, platzte ich heraus.

Einige Sekunden lang blieb er stumm, aber ich hörte Papier rascheln.

»Und wo könnte er denn sein, Joshua?«, erkundigte er sich, als hätte ich ihm eben gesagt, dass sich Dany in unserem Holzschuppen versteckt hätte.

»Bei seinem Großvater draußen an der Horseshoe Bend.«

»Hm, und wie sollte er dorthin gekommen sein? Ein so kleiner Junge zu Fuß bräuchte dazu mehrere Stunden, wenn alles gut ginge.«

»Vielleicht ist er bis zur Straße gegangen und dort hat ihn jemand mitgenommen und zur Stahlbrücke hinausgefahren. Von dort sind es etwa sechs Kilometer bis zur Hütte seines Großvaters.«

»Sechs Kilometer? Dein kleiner Bruder ist meines Wissens vier Jahre alt.«

»Im April wird er fünf. Aber sein Alter hat nichts damit zu tun, Inspektor.«

»Was dann?«

»Er ist wie sein Großvater.«

»Dein kleiner Bruder ist wie sein Großvater?«

»Ja. Mom sagt, sie sind seelenverwandt.«

»Was heißt das genau, Joshua?«

»Sie sind beide Waldmenschen.«

»Waldmenschen?«

»Menschen, die im Wald zu Hause sind«, erklärte ich und fügte noch gleich hinzu, dass Großvater ein Haida ist.

»Du meinst wohl damit, er ist ein Haida von den Queen Charlotte Inseln?«

»So ist es. Er ist dort aufgewachsen.«

»Und dein kleiner Bruder?«

»Dany ist hier aufgewachsen, aber er ist trotzdem einer von ihnen, obwohl er Dad zum Vater hat.«

»Und du denkst, dass Dany deswegen eine Nacht dort draußen in dieser Kälte überleben könnte? Im Schnee und mutterseelenallein.«

So wie er sagte, zerstörte er die ganze Zuversicht, die mich dazu gebracht hatte, ihn anzurufen. Und trotzdem glaubte ich fest daran, dass Dany noch lebte. Er war ein cleverer Junge, der nicht so leicht in Panik geriet. Wenn er den Stellen auswich, wo der die Schneedecke tief war, hatte er eine Chance, die Nacht zu überleben. Ich konnte nicht genau erklären, wie das funktioniert mit diesen Eingebungen, aber es ist, wie wenn du einen Schlüssel nicht mehr findest und trotzdem weißt, dass du ihn nicht verloren hast.

»Vielleicht sollte der Hubschrauber einfach mal zum Horseshoe Bend hinausfliegen und bei Großvater nachfragen«, schlug ich vor.

»Na, Joshua, dann wäre es aber am besten wenn du auch gleich mitfliegst. Bis wann kannst du hier sein?«

»Zwanzig Minuten.«

»Okay. Zieh dich warm an, Joshua. Am Fluss ist es

in dieser Nacht fast zwanzig Grad unter null.«

»Wieso wissen Sie das?«

»Weil ich hier den Bericht von der Wetterstation auf dem Schreibtisch liegen habe. Joshua, ich warte hier auf dich.«

Er legte auf. Einen Moment lang blieb ich noch auf dem Bett sitzen. Unten klingelte die Haustürglocke. Ich hörte Sinas Stimme und dann die von Mom. Schnell zog ich mich an, stülpte die Mütze über meinen Kopf und lief die Treppe hinunter.

»Wo ist Dad?«, fragte ich Mom und Sina, die noch immer bei der Tür standen und sich umarmten. Das Gesicht von Mom war nass von ihren Tränen, als sie sich aus der Umarmung löste.

Sie wischte sich mit dem Handrücken über die Wangen und versuchte ihre Haltung zurückzugewinnen. Das dauerte einige Sekunden, dann hatte sie sich wieder im Griff.

»Josh, ich weiß dass Dany noch lebt«, sagte sie mit einer harten, fast etwas zu harten Stimme. »Du wirst dich bemühen müssen, ihn hierher zurückzubringen.«

Ich streifte Sinas Gesicht mit einem Blick. Ihre Augen verrieten mir, dass sie nicht gewillt war, sich in diese Sache einzumischen.

»Es ist deine Verantwortung, Josh, deinen kleinen Bruder zu finden!«

Ich schluckte ihre Worte. Was hätte ich ihr denn

darauf antworten können. Sie wusste ja, dass ich Herb Baxter getroffen hatte. Sie wusste, dass ich sie angelogen hatte.

»Wo ist Dad?«, wiederholte ich meine Frage von vorhin.

»Er ist schon draußen und bespricht die nächste Suchaktion mit dem Einsatzleiter.«

Ich drehte mich wortlos um und ließ sie stehen. Bei der Hintertür hing mein Parka. Ich zog ihn an, stieg in meine Schneestiefel und öffnete die Tür. Ein paar vereinzelte Schneeflocken wirbelten in den Flur.

»Josh!«

Den Türknauf in der Hand, blieb ich stocksteif stehen.

»Josh, bring deinen Bruder zurück!«

Ich drehte mich nicht mehr nach ihr um, ging einfach hinaus und machte die Tür hinter mir zu. Dad stand zusammen mit anderen Männern drüben beim Schuppen. Die Schuppentür stand offen. Dad hantierte an unserem Schneemobil herum.

»Dad.«

Er blickte über die Schulter zurück.

»Guten Morgen, Josh«, sagte er und richtete sich auf.

»Brauchst du Hilfe?«

»Das Ding ist gestern noch gelaufen und heute Morgen gib es kein Lebenszeichen mehr von sich. Ich habe Warren Smith angerufen. Er kommt gleich her und bringt einen Ersatzvergaser mit.« Die ölverschmierten Hände an einem Lappen abwischend, kam er auf mich zu. »Wir setzen heute alle Schneemobile ein, die wir auftreiben können, Josh. Wir müssen Dany bis zum Abend finden.«

»Ich fliege mit Inspektor Tritten zur Horseshoe Bend.«

Er blieb vor mir stehen, den Kopf schief geneigt. Sah mich lange an. Nickte.

»Ich denke auch daran, Josh«, sagte er. »Schon die ganze Zeit denke ich daran, dass er sich einfach aufgemacht hat, um seinen Großvater zu besuchen.«

»Wir werden ihn finden, Dad. Ich muss jetzt zur Station.«

»Okay, Josh. Komm, ich gebe dir was mit für deinen Großvater.« Er ging ins Haus und kam mit einer Flasche Scotch wieder heraus. »Hier, die ist für ihn.«

Als er mir die Flasche reichte, wurde sein Gesicht ernst.

»Josh, du bist nicht schuld an dieser Sache«, sagt er. »Weder ich noch Mom können von dir verlangen, dass du immerfort auf deinen kleinen Bruder aufpasst.«

»Du weißt nicht, was ich getan habe, Dad.«

Er lacht kurz auf.

»Du hast dich mit deinem Vater getroffen.«

»Wer hat dir das gesagt?«

»Deine Mutter, aber ich habe ihr nicht geglaubt.«

Ich drehte mich um und lief quer über den hinteren Garten zur Straße und von dort aus lief ich den ganzen Weg bis zur RCMP-Station, wo Tritten bereits auf mich wartete.

»Der Hubschrauber ist bereit«, empfing er mich. »Konstabler Connor fliegt uns.« Sein Blick streifte die Flasche in meiner Hand, aber er fragte mich nicht, für wen ich sie mitgebracht hatte.

Auf dem kurzen Flug überquerten wir das Waldgebiet, das sich zwischen unserer Stadt und dem Fluss ausbreitete. Aus der Vogelperspektive betrachtet wurde mir klar, wie schwierig es sein würde, in diesem unübersichtlichen Gelände auch nur eine Spur von Dany zu finden. Tiefe, bewaldete Furchen durchzogen schroffe Anhöhen und die Niederungen mit ihren ausgedehnten Sumpfgebieten. Kleine, zugefrorene Seen und eine Anzahl von Tümpeln, Lichtungen und Dickichten ineinander verschlungener Brombeerranken bildeten, soweit das Auge reichte, ein verworrenes Puzzle von dunklen und hellen Flecken. Der Fluss wand sich wie eine Schlange durch das Gebiet, entlang steiler Böschungen und durch die weiten Feuchtgebiete, wo der Wind den Schnee verweht hatte und überall deutliche Spuren von Wildtieren zu sehen waren. Keine Spuren, die von Menschen herrührten, außer in der Nähe der Stadt, wo die Suchaktion angefangen und beim Hereinbrechen der Dunkelheit geendet hatte.

So sehr ich mich auch anstrengte, die Gegend unter uns nach Spuren von Dany abzusuchen, ich entdeckte gar nichts, was meine Hoffnung gestärkt hätte, dass dort unten ein kleiner Junge herumirrte. Es gab keinen Schutz, keine Waldhütte, in der sich Dany hätte verkriechen können. Bäume, die vom Sturm gefällt worden waren, lagen kreuz und quer, manche von hohen Schneewehen zugedeckt, andere blank wie die Skelettknochen riesiger Monster, die zu Urzeiten hier gelebt haben mochten.

Auch der Inspektor suchte durch ein Fernglas die Gegend ab, während der Pilot den Helikopter in der Flugrichtung zur Horseshoe Bend flog, hart gegen den Nordostwind, in dem sich unter uns die Wipfel der Bäume wiegten.

Der Pilot war mit der Bodenstation auf dem kleinen Flugplatz in Northfork verbunden, aber auch mit dem Tower und der Flugüberwachung im entfernten Vancouver. Etwa zwanzig Minuten waren vergangen, als auf unserer rechten Seite die Straße auftauchte, die zur Stahlbrücke über den Fluss führte. Kein einziges Fahrzeug war dort unten zu sehen, aber die Straße frisch gepflügt, mit hohen Schneemauern an beiden Straßenrändern.

Wir flogen ein Stück der Straße entlang und ich erspähte einen Bären, der sich einen Weg durch eine Schneewehe bahnte und dann bis zur Straße hinunterrutschte. Er schüttelte sein Fell aus und blieb mitten auf der Straße stehen und schaute zu uns herauf.

»Offenbar verlassen die ersten hungrigen Grizzly ihre Höhlen«, sagte Inspektor Tritten, der genau wie ich den Bären im Fernglas hatte.

Für mich war der Anblick dieses mächtigen Bären ein Zeichen des Horrors. Seit wir nach Northfork gezogen waren, hatte ich die schlimmsten Stories über sie gehört, von Jägern, die ihnen zum Opfer gefallen waren, von ihrer unberechenbaren Wut, mit der sie manchmal alles um sich herum kurz und klein hauten.

Der Hubschrauber flog in einem weiten Bogen nordwärts, schräg im Wind, und ich konnte den Bären nicht mehr sehen, obwohl ich dicht am Seitenfenster den Kopf drehte und mit dem Fernglas nach hinten schaute.

Ich vergaß ihn auch schnell wieder, denn vor uns tauchte jetzt das Tal des Flusses auf, tief verschneit und schneeweiß. Nach wenigen Minuten tauchte die Horseshoe Bend auf, eine weite Schleife des Flusses, und dort, auf der erhöhten Böschung des Nordufers war die Hütte zu sehen, in der Großvater wohnte.

Rauch stieg aus dem Blechkamin, und rund um die Hütte herum war der Schnee niedergetrampelt, mit einigen tiefen Spuren, die in den Wald führten und einer anderen, die sich über die Böschung und weiter über die glattgefegte Schneedecke hinweg zog und am Ufer des Flusses endete.

Ich zweifelte nicht eine Sekunde daran, dass diese tiefen Spurrillen von meinem Großvater stammten.

Der Pilot wählte einen Platz im Fluss, der vom Wind spiegelblank gefegt worden war, das Eis glänzend schwarz wie ein Stück geschliffener Obsidian.

Der Hubschrauber setzte leicht auf dem Eis ab, umgeben von einer Wolke von glitzerndem Schneestaub, der sich erst aufzulösen begann, als Connor den Rotor ausschaltete.

Inspektor Tritten war der erste von uns, der ausstieg.

»Vergiss die Pulle nicht, Josh«, sagte er, als ich mich anschickte ihm zu folgen.

Mit der Flasche in der einen Hand folgte ich ihm und verfehlte fast einen der Tritte, weil ich angespannt über die Böschung hinweg zur Hütte hinauf starrte, aber dort tat sich nichts. Erst als wir alle drei ausgestiegen waren, begann Chip zu bellen.

Der Inspektor überprüfte kurz den Sitz seiner Dienstpistole und nahm das Jagdgewehr aus der Halterung an seinem Sitz.

Er bemerkte, wie ich ihn misstrauisch beobachtete, während er sich mit dem Gewehr in der linken Hand nach allen Richtungen umblickte. Er hob das Gewehr leicht an.

»Nur falls dein Großvater durchdreht«, sagte er.

»Durchdreht? Warum sollte er durchdrehen?«

»Weil wir hier sind, Josh. Es gibt Leute, denen die Einsamkeit heilig ist und andere, die durch sie verrückt werden.«

Er musste es wissen, deshalb gab ich ihm keine Antwort, aber mir war nicht gerade wohl in meiner Haut, als wir uns auf den Weg machten und der Spur meines Großvaters folgten, die uns zu seiner Hütte brachte.

Chip hatte aufgehört zu bellen.

Das einzige, das in dieser ohrenbetäubenden Stille zu hören war, waren unsere Atemzüge und das Knirschen des Schnees unter den Sohlen unserer Stiefel.

Dann ein Schuss. Von weit her und ohne Echo. In meinen Ohren klang er, als hätte jemand ganz in der Nähe zwei Steine zusammengeschlagen.

Wir blieben stehen und blickten dem Fluss entlang in südlicher Richtung.

»Der kam von dort. Ein paar Kilometer weit weg«, sagte Konstabler Connor. »Von der Straße her.«

Der Inspektor drehte sich nach mir um.

»Ein Signal?«, fragte er.

Ich nickte. Leicht hätte ich ihm sagen können, wer den Schuss abgefeuert hatte, aber ich schwieg.

10. Der alte Haida

Ich hatte meinen Großvater seit dem Herbst nicht mehr gesehen.

Da stand er nun, die Tür hinter ihm offen und der Hund, Chip, neben ihm. Großvater trug ein altes Hemd mit weiten Ärmeln, das ihm über die Hose hinunterfiel, fast bis auf die Knie. Seine Füße waren nackt. Die Kälte des gefrorenen Schnees schien ihm nichts auszumachen. Durch die Brillen musterte er uns kurz, bevor sein Blick an mir hängen blieb.

»Joshua, wenn mich die Gläser nicht trügen, ist dieser Vogel dort einer von der RCMP«, sagte er. »Und der andere wohl auch.«

»Das stimmt, Großvater. Wir wollen dich fragen, ob du vielleicht weißt, wo sich Dany aufhält.«

Er zog die Brauen zusammen, so dass sich auf seiner zerfurchten Stirn ein paar senkrechte Falten bildeten.

»Dany? Was ist mit dem Kleinen?«

»Mister Mortimer, ihr Enkel ist gestern Abend nicht nach Hause gekommen«, kam mir Inspektor Tritten mit der Antwort zuvor.

»Nicht nach Hause gekommen?«

»Verschwunden, Mister Mortimer. Spurlos verschwunden. Josh meinte, dass er vielleicht bei Ihnen sein könnte.«

»Bei mir?« Der alte Mann warf einen Blick hinaus über den Fluss zum Waldrand. »Ich habe Dany seit dem ersten Schneefall im November nicht mehr gesehen, Inspektor. Warum sollte er bei mir sein?«

»Er hat im Wald mit den Kindern aus der Nachbarschaft gespielt, Mister Mortimer. Sie sind alle heimgekommen, nur der kleine Dany nicht. Wir glauben, dass er sich im Wald verlaufen hat.«

»Dann ist er jetzt noch immer dort draußen, Inspektor. Zwischen Northfork und hier liegen mehr als vierzig Kilometer ziemlich raues Gelände.«

»Wie schätzen Sie denn seine Chance ein, die Nacht überlebt zu haben.«

»Nicht gut, Inspektor. Allein dort draußen, bei diesen Temperaturen. Das schafft ein vierjähriger Junge nicht.«

»Und wenn er nicht allein ist, Mister Mortimer?«

Die Frage überraschte meinen Großvater genauso wie mich. Keine Ahnung, was in Trittens Kopf vorging, während er auf die Treppe zuging, die zur Veranda hinaufführte.

»Mister Mortimer, wir haben vor einer Minute einen Schuss gehört, der möglicherweise ein Signal für Sie gewesen ist. Erwarten Sie Besuch?«

Mein Großvater kniff die Augen etwas zusammen und blickte mich forschend an. Zum Zeichen, dass ich ihm nicht helfen konnte, hob ich die Schultern etwas an.

Am Fuß der Treppe blieb Tritten stehen.

»Dieses Signal, Mister Mortimer, galt doch ihnen, nicht wahr?«

»Joshuas Vater kommt her«, sagte mein Großvater widerwillig.

Tritten nickte bei jedem Wort, das der alte Mann sagte.

»Was will Herb Baxter hier, Mister Mortimer«, stellte er ihm dann seine nächste Frage und ging Tritt für Tritt die Treppe hinauf, bis er vor meinem Großvater stand.

Mein Großvater musterte ihn, das Gewehr in der Hand und die Pistole an seiner Hüfte.

»Ich dachte, es geht um Dany«, sagte der alte Mann. Ein anhaltendes, leises Knurren das tief aus dem Innern Chips zu kommen schien, hörte bestimmt auch Tritten, obwohl er eine Fellmütze mit heruntergeklappten Ohrenschützern trug.

»Ja, es geht um Dany, Mister Mortimer. Seine Mutter vermutet nämlich, ihr Ex-Ehemann, Herb Baxter, sei nach Northfork gekommen, um sich an ihr zu rächen.«

Ich starrte zur Veranda hinauf, sah das leicht geöffnete Maul Chips und den ungläubigen Ausdruck im wettergegerbten Gesicht meines Großvaters.

»Sie wollen doch damit nicht sagen, dass mein

Schwiegersohn Dany entführt hat?«

»Herb Baxter ist nicht Ihr Schwiegersohn, Mister Mortimer. Baxter ist Ihr Ex-Schwiegersohn. Danys Vater ist Ihr Schwiegersohn, stimmt's? Aber Ihr Verhältnis zu Danys Vater ist nicht so gut wie das, das Sie einmal mit Herb Baxter hatten. Sie haben sich sehr gut mit Baxter verstanden, stimmt's?«

Mein Großvater sah wieder zu mir herüber.

»Josh, kannst du mir vielleicht erklären, was los ist?«

»Der Junge hat damit gar nichts zu tun, Mister Mortimer. Wie Sie vorhin bemerkt haben, sind ich und unser Pilot, Konstabler Connor, Polizisten. Wir sind von Northfork aus losgeflogen, ohne daran zu denken, dass wir hier in diesem gottverlassenen Fleck unserer Welt auf Herbert Baxter treffen würden. Aber wenn Sie jetzt genau hinhören, Mister Mortimer, hören Sie ein leises Geräusch eines Schneemobils, das noch einige Kilometer weit weg ist aber bald hier ankommen wird. Und der Mann, der es steuert, ist mit größter Wahrscheinlichkeit Herb Baxter, den Sie nach den Gefängnisakten, die ich gestern aus Toronto angefordert haben, vier Mal im Knast besucht haben.«

»Ist das etwas verboten?«, schnappte mein Großvater.

»Nein, das ist es nicht, Mister Mortimer, aber beim Durchlesen der Akten ist mir auch aufgefallen, dass ein verdammt großer Teil des Beutegeldes nie gefunden wurde.«

Jetzt lachte der alte Mann auf.

»Und Sie glauben, dass Herb Baxter hierherkommt und einen Sack voll Goldstücke auf dem Rücken trägt? Wissen Sie was, Inspektor, Weihnachten war vor drei Monaten, und ich brauche kein Geld. Von niemandem! Ich kriege eine kleine Rente vom Staat und das reicht mir. Also wenn Sie wissen wollen, wo das Geld vom Banküberfall geblieben ist, sollten Sie Herb Baxter einem Verhör unterziehen.«

»Das wird schon noch geschehen, Mister Mortimer«, antwortete der Inspektor und mir schien, als läge in seiner Stimme plötzlich eine unmissverständliche Warnung.

Entweder vernahm sie mein Großvater nicht, oder er ließ sich so leicht nicht aus der Ruhe bringen. Stattdessen wandte er sich an mich.

»Josh, leg Chip bitte an die Kette und dann kommt ihr alle vier rein und trinkt einen Kaffee. Davon habe ich noch was übrig, aber es wird Zeit, dass endlich der Frühling kommt.«

Er wartete, bis ich auf die Veranda kam, übergab mir Chip und zwinkerte mir dabei mit einem Auge zu. Was dieses Zwinkern bedeutete, war mir nicht klar, aber ich denke, es hatte etwas damit zu tun, dass er mir Mut machen wollte, den Tatsachen ins Auge zu sehen. Bloß, was waren denn die Tatsachen?

Dass mein Vater Dany auf seinem Schneeschlitten hierher brachte? Und einen Sack voller Geld?

Ich konnte es nun kaum mehr erwarten, Herb Baxter noch einmal zu begegnen. Nicht als Vater. Dazu fehlte ihm wohl alles, was an seiner Stelle Dad dazu gemacht hatte. Und während ich Chip an der Kette festmachte, hörte ich den jaulenden Motor des Schneeschlittens auf dem von Tiefschnee bedeckten Holperweg von der Stahlbrücke bis zur Horseshoe Bend.

Die Strecke von der Stahlbrücke bis zur Horseshoe Bend legte Herb Baxter in etwas mehr als einer halben Stunde zurück. Natürlich musste er den Helikopter gehört und auch zwischen den Wipfeln der Bäume hindurchgesehen haben und konnte deshalb nicht überrascht sein, uns hier draußen im Blockhaus des alten Mannes anzutreffen.

Wir erwarteten Baxter auf der Veranda und ich bemerkte, dass Inspektor Tritten das Gewehr in der linken Hand hatte. Der Lauf zeigte nach unten, aber den Finger hatte er am Abzug.

Bange Minuten gingen vorbei, bis der Schlitten endlich in einer Lücke zwischen den Bäumen auftauchte. Die zugeschnürte Kapuze eines knallroten Anoraks und eine modische Skibrille mit blaugespiegelten Gläsern bedeckte die obere Hälfte seines Gesichtes, ein karierter Wollschal die untere.

Vergeblich streckte ich den Hals um zu sehen, wer hinter ihm auf dem Schneemobil saß. Baxter war allein, und auf dem Gepäckträger war eine Tasche befestigt, die prall gefüllt war.

Er kam bis dicht an die Veranda herangefahren, bevor er anhielt und den Zündschlüssel drehte. Wie einer, der zu Hause angekommen war, stieg er vom Sitz und ohne sich um uns zu kümmern, schob er die Skibrille hoch, lockerte den Schal so weit, dass nun sein Gesicht frei war und nahm die Tasche vom Gepäckträger.

»Ich habe dir einige Sachen mitgebracht, Logan«, sagte er und schickte sich an, die Treppe hinaufzukommen. Dabei sah er uns alle der Reihe nach an. »Josh, ich hab's in den Nachrichten gehört. Dein Bruder ist verschwunden.«

»Ich dachte, er könnte hierhergekommen sein«, antwortete ich ihm etwas unsicher.

»Allein?« Baxter hatte die letzte Stufe erreicht. Er blieb auf ihr stehen.

Tritten klärte seine Kehle, bevor er antwortete.

»Wir sind dabei, nach ihm zu suchen«, erklärte er. »In ein paar Stunden ist es schon wieder dunkel. Eine zweite Nacht allein dort draußen wird schwierig, falls er die erste Nacht überhaupt geschafft hat. Ich fürchte, in einer zweiten Nacht wäre er verloren.«

»Der Kleine ist nicht allein«, warf mein Großvater ein. »Und er ist nicht verloren.«

»Mister Mortimer, Sie scheinen sich dessen ziemlich sicher zu sein«, entgegnete der Inspektor. »Vielleicht sagen Sie uns allen, wie sie darauf kommen, dass außer Dany sonst noch jemand dort draußen sein soll.«

»Dany hat die Seele eines Haida.«

»Und was soll denn das schon wieder heißen?«

»Ein Haida ist nie allein.«

»Dort draußen ist niemand, Mister Mortimer. Das sollten Sie doch am besten wissen.«

»Dort draußen ist wer«, beharrte der alte Mann. »Wissen Sie, Inspektor, es gibt viele Dinge, die wir Menschen verloren haben«.

»Was denn, Mister Mortimer? Gottvertrauen?«

Der alte Mann legte sich die Hand auf die Brust.

»So ist es, Inspektor«, sagte er mit einem Lächeln. »Genau, so ist es!«

»Und welcher Ihrer Götter soll einen kleinen Jungen dort draußen schützen, Mister Mortimer?«

»Kein Gott, Inspektor, aber sein Behüter, der ihn beschützt.«

»Ein Engel?«, staunte Connor. »Sie meinen wohl, er hat einen ganz persönlichen Schutzengel.«

Tritten war für einen Moment sprachlos. Starrte meinen Großvater an, als hätte der nicht alle Tassen im Schrank. Aber mein Großvater ließ sich nicht aus der Ruhe bringen.

»Bleichgesichter dürfen es nennen wie sie wollen,

für uns ist es aber ein Schutzgeist, der die Mitglieder unserer Familie nie aus den Augen lässt.«

Ich sah dem Inspektor an, dass er Großvater nicht glaubte, und das wurde mir noch deutlicher, als Großvater ihm zu erklären versuchte, wer Danys Schutzengel war.

»Der Bär!«, spottete der Inspektor unverhohlen. »Sie wollen mir doch nicht weismachen, dass der Kleine dort draußen von einem Grizzly beschützt wird.«

»Sie brauchen mir nicht zu glauben, Inspektor, aber das Totem unserer Familie ist der Bär. Wir stehen unter seinem Schutz.«

Tritten lachte auf. »Mister Mortimer, ich bin zwar neu in dieser Gegend, aber ich weiß, dass sich die meisten Bären noch im Winterschlaf befinden.«

»Nicht die Tiere, die unsere Familien behüten. Nicht die guten Geister, leider aber auch nicht die bösen. Sie sind ein Christ, Inspektor, da wird es ihnen nicht leichtfallen, unseren Glauben zu verstehen. Ihr Behüter ist ein nacktes, blondgelocktes Engelchen, dem hier draußen bei diesem Wetter die Flügelchen abfrieren würden. Unser Beschützer hat wenigstens ein dickes Fell und die Kraft eines Bären.«

»Das gibt es nicht!«, entgegnete Tritten meinem Großvater. »Das ist in unserer modernen Welt nichts anderes als Hokuspokus.«

»Ihr Engelchen mit seinem rosigen Gesicht und den Flügelchen passt aber in unsere moderne Welt, die übrigens nicht meine ist«, sagte Großvater und wandte sich nach diesen Worten direkt an mich. »Josh, leg dir die Hand aufs Herz«, forderte er mich auf.

»Los, mach es Josh«, sagte mein Vater und legte sich dabei selbst die Hand auf die Brust.

»Ihr auch«, verlangte Großvater, und dieses Mal war es keine Aufforderung, sondern ein unmissverständlicher Befehl.

Der Konstabler tat wie ihm geheißen.

»Sie auch, Inspektor. Legen Sie das Gewehr einfach auf den Tisch!«

Zögerlich schob Tritten sein Gewehr an den Kaffeetassen und der verbeulten Kanne vorbei auf die Tischplatte. »Ich glaube ich werde verrückt«, murmelte er dabei Connor zu. »Es gibt keine Schutzengel und auch keine Schutzgrizzlybären, Connor.«

»Dann sagen Sie mir, was Sie spüren, Inspektor. Sagen Sie mir klipp und klar, ob Ihr Herz ihnen sagt, dass Dany tot dort draußen im Wald liegt oder ob er noch lebt!«

Tritten rutschte die Hand von der Jacke, an der sein goldenes RCMP Abzeichen steckte.

»Ich glaube nicht an Engelchen und schon gar nicht an Schutzgeister, Mister Mortimer. Ich bin in Toronto aufgewachsen und durch die Polizeiakademie gegangen. Dort habe ich gelernt, dass es Täter und Opfer gibt und letztlich alles unseren Gesetzen entsprechend hieb- und stichfest bewiesen sein muss, damit unser Leben einen Sinn bekommt. Schutzengel gehören nicht dazu, Mister Mortimer. Ich will …«

»Legen Sie sich die Hand aufs Herz!«, unterbrach ihn mein Vater. »Tun Sie es, und sagen Sie uns, dass es zwecklos ist, weiter nach Dany zu suchen.«

Jetzt sah er mich an und ich wusste, dass er in diesem Moment meine Unterstützung brauchte. Ich wich seinem Blick nicht aus, sah ihn nur an, und ich brauchte ihm nichts zu sagen, aber mit einem kleinen Kopfnicken forderte ich Inspektor Tritten auf, sich noch einmal die Hand auf die Brust zu legen.

»Ist der Kleine tot, Inspektor?«, fragte ihn mein Vater. »Liegt er erfroren dort draußen im Schnee und wir finden ihn erst im Frühling, wenn der Schnee geschmolzen ist? Sagen Sie es uns, Inspektor!«

Tritten atmete einmal tief durch.

»Wie soll ich das denn wissen, Mister Baxter?«

»Sagen Sie uns, ob Sie nicht auch spüren, dass Dany noch lebt!«, sagte mein Großvater.

»Das kann ich nicht«, gab ihm Tritten zur Antwort. »Es besteht sicher ein Hoffnungsschimmer, dass Dany noch lebt, aber …«

»Spüren Sie es, Inspektor?«

»Ich – ich weiß nicht …«

Er brach ab und starrte auf die Hand auf seiner Brust nieder.

Mehrere Sekunden verstrichen, bevor sich mein Vater räusperte.

»Ich mache Ihnen mal einen Vorschlag, Inspektor. Lassen Sie mich und Josh nach ihm suchen.«

»Sie sind verhaftet, Baxter«, stieß der Inspektor hervor.

»Dann zeigen Sie uns den Haftbefehl«, rief ich aus.

»Brauche ich keinen, mein Junge. Wir fliegen nach Northfork zurück, wo dein Vater dem Haftrichter vorgeführt wird, damit alles seine gesetzliche Richtigkeit hat.«

Mein Vater lachte auf. »Wofür? Weil Dany nicht mehr da ist? Wenn ich ihn entführt hätte, wohin hätte ich ihn denn gebracht? Und warum wäre ich jetzt hier?«

»Warum sonst sind Sie nach der Entlassung nach Northfork gekommen?«

»Weil ich meinen Sohn sehen wollte.«

»Und die Drohung, die Sie bei der Urteilsverkündung der Mutter von Joshua zugerufen haben?«

Mein Vater nickte. »Dass ich sie finden werde«, sagte er. »Das ist alles, was ich ihr zugerufen habe. Wollen Sie mich dafür verhaften, Inspektor?«

»Es war eine Drohung, Mister Baxter. Das ist aus den Gerichtsakten herauszulesen. Sie haben ihr gedroht, sich an ihr zu rächen. Sie können sich nun entscheiden, freiwillig mit uns nach Northfork zu fliegen, wo wir Sie einsperren, bis Dany gefunden wird.«

»Was passiert, wenn ich mich weigere?«

»Dann werden wir Sie auf der Stelle festnehmen und sie in Handschellen abführen.«

Da standen wir alle mit der Hand auf der Brust wie eine Bande zu Salzsäulen erstarrten Idioten und trauten unseren Ohren nicht.

»Sie meinen, Sie setzten Danys Leben aufs Spiel, indem Sie meinen Vater verhaften?«, sagte ich schließlich.

Connor, der Konstabler, holte tief Luft. Ich sah ihm an, dass ihm die Hilflosigkeit seinem Vorgesetzten gegenüber zu schaffen machte, doch dann gab er sich einen Ruck.

»Ich spüre es«, sagte er. »Al, ich spüre es ganz deutlich. Der Junge lebt.«

Tritten lachte auf. »Sonst noch wer?«

»Du Josh?«, fragte mein Vater

»Ich auch.«

»Dany lebt«, sagte nun auch mein Großvater. »Halten Sie uns nicht länger auf, Inspektor.«

Mein Vater trat Tritten entgegen. »Lassen Sie Josh und mich nach Dany suchen.«

»Baxter, soll ich Sie einfach mit dem Jungen abhauen lassen?«

»Nein, Inspektor. Ich verspreche Ihnen, dass ich mich bei Ihnen melden werde, sobald wir Dany gefunden haben.«

»Und wenn Sie ihn nicht finden?«

»Wir finden ihn, Inspektor. Ich gebe Ihnen mein Wort.«

»Das Wort eines Bankräubers.«

Ich stellte mich neben meinen Vater.

»Und meines«, sagte ich, aber das klang etwas unsicher.

Tritten sah mir in die Augen. Einige Sekunden nur, dann nahm er die Hand von der Brust und streckte sie mir entgegen.

»Die RCMP wird Sie und ihren Sohn mit dem Hubschrauber unterstützen. Wir haben für besondere Notfälle ein Satellitentelefon im Hubschrauber, das ihr benützen könnt.«

Es hätte nicht viel gefehlt, und ich wäre ihm um den Hals gefallen. Nachdem er mir die Hand gereicht hatte, drückte er die meines Vaters. »Sorgen Sie dafür, dass Sie die beiden Jungen heil zurückbringen, Mister Baxter. Und wenn Sie zurück in Northfork sind, werden unsere Leute aus Toronto da sein und Sie nach dem Beutegeld fragen.«

Mein Vater nickte.

»Das habe ich mir gedacht, Inspektor. Wie oft, denken Sie, hat man mich im Knast nach dem Beutegeld gefragt? Aber ich musste sie alle enttäuschen, denn ich habe keine Ahnung, wo das geklaute Geld geblieben ist. Und selbst wenn ich es wüsste, würde ich es auch Ihnen nicht sagen, denn ich habe dafür zehn Jahre im Knast gesessen.«

»Die zehnjährige Haftstrafe hat Ihnen der Richter allein für den Banküberfall aufgebrummt. So steht es im Urteil.«

»So einfach ist das also?«

»Ja, so einfach ist das, Baxter, und es nennt sich Gerechtigkeit. Oder glauben Sie etwa, wenn Sie ihren Sohn dabei erwischen, wie er Ihnen einen Hundertdollarschein aus der Tasche klaut und Sie ihn dafür mit einer Ohrfeige bestrafen, darf er das Geld anschließend behalten?«

»Dieser Vergleich hinkt, Tritten.«

»Warum?«

»Weil ich keine Hundertdollarscheine in der Tasche habe«, antwortete ihm mein Vater mit einem Lächeln.

11. Keine Spur von Dany

Ausgerüstet mit dem Satellitentelefon und einem externen Akku machten wir uns sofort auf die Suche nach Dany. Großvater hatte mir ein altes mehrschussiges Repetiergewehr mitgegeben, das er manchmal zur Jagd benutzte. Außerdem gaben uns Tritten und Connor einen Packen Notrationen aus dem Hubschrauber mit, mehrere Wärmebeutel, die nach kurzem Durchkneten warm werden sollten, und eine zusammengefaltete Metalldecke.

Es war Mittag, als wir den zugefrorenen Fluss überquerten und sich der Helikopter hinter uns in einer Schneewolke in die Luft schraubte und mit ohrenbetäubendem Lärm über uns hinwegflog und dann über den Baumwipfeln unseren Blicken entschwand. Ich warf einen letzten Blick zurück zum Blockhaus meines Großvaters. Er stand auf der Veranda, Chip neben sich und die Hand zum Abschied erhoben.

Ich winkte ihm, wahrscheinlich sah er es jedoch nicht, denn das Schneemobil wirbelte Schneestaub auf, den wir wie eine Fahne hinter uns herzogen.

Wir durchquerten ein Feuchtgebiet, und weder ich noch mein Vater hatten eine Ahnung, wo wir nach Dany suchen sollten. So blieb uns nichts anderes übrig, als auf gut Glück durch den Wald zu fahren, runter zum Dead Horse Creek und über die schroffen Abhänge zum Spirit Lake, einem kleinen See auf halber Strecke zwischen der Horseshoe Bend und Northfork.

Immer wieder hielt mein Vater an und wir riefen so laut wir konnten Danys Namen. Nirgendwo entdeckten wir Spuren des Kleinen oder eines Bären. Der Nachmittag ging so schnell vorbei, dass sich meine freudige Erwartung, Dany bald zu finden, in eine tiefe Enttäuschung verwandelte, die mich benommen machte. Mein Vater spürte das, und als wir am Spirit Lake anhielten und das Ufer nach Spuren absuchten, sah ich ihm an, dass er selbst auch nicht mehr daran glaubte, Dany zu finden, bevor es Nacht wurde.

Wir hörten zwar immer wieder den Hubschrauber in unserer Nähe und bekamen auch über das Satellitentelefon Verbindung mit der RCMP Station in Northfork. Von dort erhielten wir die Nachricht, dass eine Gruppe von Hilfskräften zum Spirit Lake unterwegs sei.

Wenig später hörten wir die Schneemobile. Wir fuhren langsam um den Spirit Lake herum, der als einziger See auch bei Temperaturen weit unter null Grad nicht von Eis bedeckt war. Nur an seinen Rändern hatten sich Eiskrusten gebildet, aber in der

Mitte des Sees, dort wo er am tiefsten war, hoben sich sogar schwache Dunstschleier, die sich wie dünner Nebel ausbreiteten.

Um den See herum führten Spuren verschiedener Wildtiere, die sich in der Gegend aufhielten, Elche, Hirsche und Rehe, aber auch mehrere Wolfsfährten, die uns zu einem Platz führten, wo die Wölfe einige Tage zuvor einen Hirsch gerissen hatten. Da mein Vater sich in dieser Gegend nicht auskannte, musste er sich auf das Navigationsgerät an seinem Schneemobil verlassen, das jedoch oft die Verbindung zum Satelliten verlor.

Den Spuren eines Vielfraßes folgend, gelangten wir auf eine bewaldete Anhöhe mit schroffen dunklen Felsen, von denen im Tiefschnee wenig zu sehen war. Tiere fanden zwischen diesen Felsen vielleicht Schutz vor dem Wind, aber wir fanden nirgendwo Hinweise darauf, dass sich hier auch Dany aufgehalten haben könnte.

Wir trafen auf den Hilfstrupp, der mit Schneemobilen die Niederung um den Spirit Lake herum systematisch und in Koordination mit einem Hubschrauber abgesucht hatte.

Mehr als dreihundert Leute aus Northfork und der näheren Umgebung suchten nun nach meinem Bruder, ohne bis jetzt eine Spur von ihm gefunden zu haben.

Ich sah den Männern und Frauen an, wie enttäuscht und erschöpft sie alle waren, aber niemand wollte aufgeben, bevor sie die Dunkelheit dazu zwingen würde, nach Northfork zurückzufahren. Länger als eine Stunde konnte es nicht mehr dauern, bis wir alle die Suche abbrechen mussten.

Mein Vater und ich entschlossen uns, nicht zur Horseshoe Bay zurückzufahren, sondern gemeinsam mit den anderen nach Northfork zu fahren.

Sobald wir wieder im Funkbereich der Handyantennen waren, rief ich daheim an. Dad und Mom wussten Bescheid. Sie standen im ständigen Kontakt mit Inspektor Tritten, der in der RCMP Station in seinem Büro die Suche der verschiedenen Gruppen koordinierte, und die Einsätze von drei Hubschraubern leitete.

Mein Vater und ich fuhren zur RCMP Station. Im Büro des Inspektors war noch Licht. Tritten erwartete uns und mein Vater streckte ihm die Arme entgegen.

»Wir haben Dany nicht gefunden«, sagte er.

»Das ist schlimm genug«, murmelte Tritten. »Mister Baxter, ich bringe Sie zur Lodge und Josh nach Hause. Josh, wir haben alles versucht, um deinen kleinen Bruder zu finden.«

»Wir werden doch die Suche am Morgen fortsetzen, Inspektor?«

»Ja, das verspreche ich Dir. Diese Suche wird erst abgebrochen, wenn keine Hoffnung mehr besteht,

Dany zu finden.«

In seinem Dienstwagen fuhr Tritten zuerst meinen Vater zur Lodge, wo sein Zimmer für ihn bereit gemacht worden war. Danach brachte er mich nach Hause. Die Birch Street sah so verlassen aus wie die Straße einer Geisterstadt. Erst als Tritten in unserer Auffahrt parkte, ging unsere Haustür auf. Dad und Mom erwarteten mich. Sie versuchten beide, so mit mir umzugehen, als wäre alles in Ordnung. Mom sagte, dass sie Essen für mich bereitgestellt hatte. Ich hatte keinen Hunger, wollte nur auf mein Zimmer und Sina anrufen. Ob ich in dieser Nacht die Ruhe finden würde und schlafen konnte, glaubte ich nicht. Ich war müde und niedergeschlagen.

Dad kam herauf, als ich Sinas Nummer wählen wollte, klopfte an die Zimmertür und kam herein. Ich lag auf dem Bett, das Smartphone in der Hand.

»Josh, du solltest was essen«, sagte er. »Es bringt gar nichts, wenn wir die Hoffnung und den Mut verlieren.«

Ich legte das Handy aufs Kopfkissen, stand auf und ging die Treppe hinunter. Im Wohnzimmer lag Bettzeug auf dem Sofa und in der Küche saß Sina am Tisch, einen Teller vor sich und ein großes Glas Limonade.

Mom legte Bratkartoffeln und ein Stück Fleisch auf Sinas Teller.

»Sina, bleibt diese Nacht bei uns, Josh?«, sagte sie.

»Willst du auch was essen?«

Ich schüttelte den Kopf.

Dad trat unter der Tür. Er sah ziemlich verloren aus, müde, lehnte mit der Schulter am Türrahmen, eine Hand in der Hosentasche, die geröteten Augen leer.

Mom holte einen Teller hervor und stellte ihn Sina gegenüber auf den Tisch. Sina sah mich an, wartete darauf, dass ich mich auf den Stuhl setzen würde, aber ich schaffte das nicht. Ich spürte, wie mir die Tränen kommen wollten und stürmte an Dad vorbei aus der Küche.

Im Badezimmer stellte ich mich unter die Dusche. Regungslos ließ ich das heiße Wasser einfach zwanzig Minuten lang über mich herunterlaufen. Als ich auf mein Zimmer ging, hörte ich unten Sina und meine Mutter leise reden.

Zurück in meinem Zimmer, machte ich den PC an und studierte das ganze Gebiet zwischen unserer Stadt und der Horseshoe Bend auf der Google Karte, als hätte ich darauf irgendetwas entdecken können, was uns am nächsten Tag weiterhelfen konnte.

Die Niederung, wo sich der Spirit Lake befand, war leicht zu finden, auch das schmale Tal, durch das sich der Dead Horse Creek schlängelte. Ich fand auch Großvaters Blockhaus und die Straße zur Stahlbrücke über den Fluss. Einige schmale Pfade durchzogen die Wälder, aber nirgendwo entdeckte er irgendein Bauwerk, eine halb zerfallene Jagdhütte oder die Überreste eines Holzfällerlagers aus den Zeiten, als die ersten Sieder hierherkamen.

Ich war so müde, dass ich mehrere Male auf dem Stuhl einschlief, aber schon nach wenigen Sekunden wieder hochschrak. Meine Gedanken ließen mich nicht zur Ruhe kommen. Und einer dieser Gedanken drehte sich immer wieder um meinen Vater. Warum eigentlich sollte ihm irgendwer vertrauen? Und warum hatte er sogar mich dazu gebracht ihm zu glauben? Niemand konnte sicher sein, dass er sich im Knast nicht doch ein böses Spiel ausgedacht hatte, um sich an Mom zu rächen.

Ich wollte eben den Computer ausschalten, als jemand leise an die Tür klopfte und sie dann einen Spalt breit öffnete.

Sina kam herein. Sie trug einen Trainingsanzug und Wollstrümpfe. Das Haar hatte sie zu einem Pferdeschwanz gebunden.

»Darf ich hereinkommen?«, fragte sie, als sie bereits im Zimmer war und die Tür hinter sich leise zumachte. »Ich kann nicht schlafen.«

Mitten im Zimmer blieb sie stehen.

»Was machst du?«

»Nichts.« Ich schaltete den PC aus.

Sina betrachtete die Titelliste einiger Songs, die ich produziert hatte. Hinter jedem Titel stand das Datum, an dem ich ihn fertiggestellt hatte. Einer hieß »War Game«, ein anderer »Don't cry, Baby«. Das waren die beiden letzten der Liste. Das Entstehungsdatum war der Tag, bevor Dany verschwunden war. Morgen würde es der dritte Tag sein, an dem wir nach ihm suchten. Ich stand auf und wir umarmten uns mitten im Zimmer, und es gelang weder ihr noch mir, die Tränen zurückzuhalten, denn wir wussten beide, dass eine wirkliche Chance, Dany lebend zu finden, nur noch in einem verzweifelten Hoffnungsschimmer vorhanden war, der bald ganz erlöschen würde.

Die Suche sollte am frühen Morgen fortgesetzt werden, aber ein bretterharter Nordwind fegte durch die Wälder und verhinderte vorerst den Einsatz der drei RCMP Hubschrauber.

Laut Wettervorhersage für unsere Region sollte der Wind erst im Verlaufe des Morgens nachlassen. So blieben die Hubschrauber am Boden und die Männer und Frauen der Hilfskräfte und ein Suchtrupp der Armee mit mehreren Suchhunden die schon am Tag zuvor im Einsatz waren, versammelten sich bei der Texaco Tankstelle an der Queen Victoria Street. Die Suche wurde früh am Morgen fortgesetzt, aber es war den Männern und Frauen anzusehen, dass sie nicht mehr an ein Wunder glaubten.

Inspektor Tritten rief mich an. Mein Vater würde mich auf dem Parkplatz bei der Tankstelle abholen.

Er wollte mit dem Schneemobil dem gesamten Lauf des Dead Horse Creek folgen, obwohl jeder wusste, wie schwierig es selbst im Sommer mit einem Allrad war, durch diese engen Täler und tiefen Schluchten bis zum Fluss zu gelangen.

Der Inspektor holte mich zu Hause ab. Dass auch er eine schlaflose Nacht hinter sich hatte, war ihm anzusehen. Mom bat ihn zu einem Kaffee herein, aber er wehrte ab und fuhr mich zur Tankstelle. Dort wartete mein Vater mit dem aufgetankten Motorschlitten auf mich. Die gestrige Fahrt hatte ihn ziemlich mitgenommen. Er humpelte. Hatte sich gestern das linke Fußgelenk verstaucht.

»Wo sind die anderen?«, fragte ich meinen Vater.

Er zeigte mit einer Kopfdrehung zum Wald hinüber. »Es sind nicht mehr so viele wie gestern.«, sagte er.

»Von verschiedenen Ausgangspunkten aus, wird der Wald systematisch abgesucht«, erklärte Tritten und übergab mir eine topografische Karte des Gebietes um den Dead Horse Creek. Mein Vater humpelte noch einmal zurück zum Tankstellenshop, um seine Thermosflasche mit heißem Kaffee aufzufüllen. Mom hatte meine mit Tee vollgemacht. Außerdem hatte sie meine Jackentaschen mit Schokoladenriegeln und einen kleinen Rucksack mit Esswaren vollgestopft.

Tritten blickte meinem Vater nach, als dieser über

den Platz zum Shop humpelte.

»Von uns allen kennt er sich dort draußen am wenigstens aus, Josh. Du musst auf ihn aufpassen. Der Wind hat in der Nacht viele der alten Spuren im Wald verweht und selbst wenn Dany noch am Leben ist, werden kaum noch Fußspuren von ihm existieren.«

»Wir geben nicht auf, Inspektor«, versprach ich ihm. »Wir versuchen, durch das Dead Horse Tal bis zum Fluss zu gelangen«.

»Was momentan fast unmöglich ist, hat mir Konstabler Connor gesagt, der sich in der Gegend sehr gut auskennt.«

Da ich selbst nicht die geringste Ahnung hatte, ob unser Vorhaben überhaupt Sinn machte, verzichtete ich darauf, ihm eine Antwort zu geben.

»Josh, ich habe mit unseren Leuten in Toronto gesprochen. Dort traut niemand deinem Vater. Überdies nimmt man an, dass ein Teil der Beute aus dem damaligen Bankraub irgendwo in unserer Gegend entweder versteckt oder vergraben wurde.«

»Vom wem?«

»Vielleicht von deinem Großvater, Mister Mortimer.«

Mein Vater kam aus dem Laden und ging zu seinem Schneemobil.

»Inspektor, mir geht es nur darum, Dany zu finden und zwar lebend. Was mein Vater mit dem Geld gemacht hat, ist mir egal.«

Damit ließ ich ihn stehen. Als wir losfuhren, sah ich Tritten zu seinem Dienstwagen gehen. Ich hatte wirklich keinen Bock, über die Dinge nachzudenken, mit denen ich nichts zu tun hatte. Zehn Jahre waren seit dem Banküberfall vergangen. Falls es meinem Vater gelungen wäre, irgendwo Geld zu verstecken, bevor er damals zu meiner Mutter und mir zurückkehrte, hätte er längst mit seiner Haftstrafe dafür bezahlt. Und zwar nicht zu knapp.

12. Im Zwielicht

Auf schneeverwehten Spuren folgten mein Vater und ich einem Waldpfad, der uns zum Quellgebiet des Dead Horse Creek brachte. Das war im Sommer eine sumpfige Gegend, wo sich im Sommer und Herbst Elche aufhielten, um im seichten Wasser zu äsen.

Jetzt, im Winter waren die Sümpfe mit Eis und Schnee bedeckt und die Spuren von Tieren und Schneemobilen waren kaum mehr zu erkennen.

Über einen steilen Abhang fuhren wir hinunter in das tiefer gelegene Tal des Flüsschens. Zu unserer linken Seite befand sich ein Wasserfall, der zu Eis erstarrt war. Wir folgten dem gefrorenen Creek mehrere Kilometer weit, hielten immer wieder an, um nach Dany zu rufen und um die Karte mit unserem Standort und dem, was wir sahen, abzugleichen.

Wir mochten etwa ein halbes Dutzend Kilometer zurückgelegt haben, als wir eine schwierige Stelle passierten und ungebremst gegen den Stamm eines vom Sturm gefällten Baumes fuhren. Unsichtbar unter dem Schnee lag er quer zu unserer Fahrtrichtung. Durch die Wucht des Aufpralls wurde ich vom Sattel gehoben und rutschte über die Böschung, bis ich mit den Beinen an den Dornenranken eines Brombeergestrüpps hängen blieb.

Einen Moment lang blieb ich liegen. Der Motor des Schneemobils lief nun nicht mehr. Totenstille herrschte hier unten. Schneekristalle schwebten glitzernd durch die eisige Luft.

Als ich mich aufrappelte, tauchte oben die Gestalt meines Vaters auf.

»Bist du okay?«, rief er zu mir herunter.

Ich wollte mich von den Dornenranken befreien, aber das gelang mir nicht. Mein Vater schlitterte den Abhang herunter und durchtrennte einige der Ranken mit seinem Klappmesser.

Obwohl es inzwischen schon fast neun Uhr geworden war, umgab uns ein merkwürdig diffuses Zwielicht in dem die Eiskristalle wie blauer Glimmerstaub glitzerten. Mein Vater hielt mich am Arm fest, während wir uns verwirrt umschauten.

Ich muss gestehen, dass mir unheimlich zu Mute wurde. Dieses Licht, die glitzernde Luft und die Stille passten so wenig hierher wie wir selbst. Es schien mir, als hätte dieses Licht eine Quelle, die mit unserer Welt und der Realität nichts zu tun hatte.

Ich rief nach Dany. Meine Stimme verlor sich in dieser engen Schlucht, wurde aufgesogen von hellen Lichtstrahlen, die durch das Geäst mächtiger Bäume fielen.

»Die Sonne scheint«, sagte mein Vater unsicher.

»Anders kann ich mir dieses Licht nicht erklären.«

Hoch über uns zwischen den Baumwipfeln schienen sich die letzten Nachtschatten in einem Gewirr von Bäumen und Gestrüpp verfangen zu haben. Sonst war da nichts. Kein blauer Himmel, keine Sonnenstrahlen, nur die herunterschwebenden Eiskristalle.

Da von Dany keine Antwort kam und auch sonst nichts zu hören war, arbeiteten wir uns auf allen Vieren langsam den Steilhang hinauf bis zu unserem Schneemobil, bei dem es sich, wie wir beide unschwer erkennen konnten, nur noch um ein Wrack handelte. Die Lenksäule war gebrochen und große Teile der Frontverschalung zersplittert. Während mein Vater versuchte, über das Satellitentelefon Kontakt mit der RCMP Station oder einem der Hubschrauber herzustellen, wurde das Licht immer schwächer, bis es schließlich erlosch und wir wieder vom schummrigen Zwielicht umhüllt waren. Mehr als ein Durcheinander von abgehackten statischen Geräuschen und verzerrten Lauten drang nicht aus dem Telefon, das mein Vater in der Hand hielt, währen er sich nach allen Seiten umsah, als erwartete er jemanden oder ob irgendwas auftauchen würde, aber wir waren allein hier an diesem Steilhang.

Ich holte die Landkarte hervor und wir studierten sie und stellten fest, dass wir uns in der Nähe einer Lichtung befinden mussten, auf der sich zwei Waldpfade kreuzten.

Nichts sonst in der Nähe, nach dem wir uns hätten orientieren können.

»Kein Wunder, dass es Leute gibt, die in solcher Einsamkeit verrückt werden«, sagte mein Vater. »Komm, es bleibt uns nichts anderes übrig, als diese Wegkreuzung zu finden. Dort kriegen wir vielleicht eine Verbindung zur Außenwelt.«

Außenwelt! Wir waren doch nicht in einem schlechten Fantasyfilm, sondern etwa dreißig Kilometer von Northfork entfernt. Es gab keine Kobolde hier, keine Zauberer oder Feen, die uns mit ihrer Magie in ihre versponnene Welt locken konnten.

Wir nahmen mit, was wir tragen konnten, und ließen alles andere zurück. Bei jedem Tritt schräg den Hang hinauf, suchten wir nach einem sicheren Halt, kletterten über querliegende Baumstämme, durch Gestrüpp Brombeerdickichte und erreichten nach mehr als einer Stunde völlig ausgepumpt den oberen Rand des Abhangs, wo wir vornübergebeugt und mit den Händen auf den Oberschenkeln aufgestützt warteten, bis wir wieder genug Luft hatten, um uns aufzurichten und umzusehen. Einige wenige Spuren im Schnee, sonst nichts, das uns hätte beunruhigen können. Das Licht hier oben war etwas heller, aber die Sonne war nicht zu sehen.

Wir aßen Schnee um den Durst zu löschen, dann brachen wir auf, mein Vater mit der Karte voran und ich in seinen Fußstapfen.

Mein Vater humpelte stärker als zuvor und ich wusste, dass er die Zähne zusammenbeißen musste, weil er sich am bereits lädierten Fuß noch einmal verletzt oder ihn sogar gebrochen hatte.

Mehrere Male blieben wir stehen und blickten uns sichernd um, riefen nach Dany und hörten unseren Stimmen nach, die sich schnell im Wald verloren.

Auf einer Anhöhe funktionierte das Satellitentelefon. Mein Vater rief die RCMP Station in Northfork an, und fragte Inspektor Tritten, ob die Helikopter nun wieder im Einsatz wären.

»Wir haben Connor in der Luft, Mister Baxter. Was ist passiert? Die Satellitenverbindung ist plötzlich abgebrochen.«

In knappen Worten erklärte mein Vater dem Inspektor, dass wir mit dem Schneemobil einen im Schnee verborgenen Baumstamm gerammt hatten und uns zu Fuß auf dem Weg zu einer Lichtung machten, wo sich zwei Waldpfade kreuzten. Anhand der Landkarte gab er Tritten die Koordinaten durch.

»Mister Baxter, wenn sie mit Josh die Lichtung erreichen, wird Konstabler Connor dort sein und euch aufnehmen, falls er eine Möglichkeit sieht, auf der Lichtung zu landen. Melden Sie sich, wenn es länger dauert. Hat sich beim Unfall einer von euch verletzt?«

»Nein, wir hatten Glück. Josh ist ok. Wir marschieren jetzt los.«

Mein Vater brach die Verbindung ab. Der Wind wehte inzwischen nicht mehr so stark wie im frühen Morgen. Wir arbeiteten uns durch den Tiefschnee, mein Vater voran, aber immer öfters musste er anhalten, denn sein Fuß machte ihm Schwierigkeiten.

Keine Ahnung, wie lange wir durch den Wald marschiert waren, als wir den Hubschrauber hörten. Der Lärm des Rotors schien von direkt über uns zu kommen, aber der Wald war hier so dicht, dass wir ihn nicht sehen konnten. Einige Minuten später rief Connor an.

»Baxter, ich bin nun genau über der Lichtung. Ich kann den Hubschrauber auf der Wegkreuzung absetzen und auf euch warten.«

Ich wählte die Nummer seines Telefons und kam durch.

»Wir sind zu Fuß unterwegs, müssen aber ganz in der Nähe der Lichtung sein«, erklärte ich ihm.

»Wir warten hier, Josh. Keine Sorge, jetzt entkommt ihr uns nicht mehr.«

Er lachte aber die Verbindung wurde unterbrochen.

Kurz nach dem Anruf erreichten wir eine Schneise im Wald. Sie musste vor vielen Jahren geschlagen worden sein und war im Laufe der Zeit von Brombeergestrüpp und kleinen Bäumen überwachsen worden. Die Schneise war tief verschneit und verlief in einer ungefähren Ost-West Richtung, und ich war sicher, dass sie für einen der Wege geschlagen worden war, die sich auf der Lichtung kreuzten.

Das Rotorengeräusch des Hubschraubers verstummte plötzlich. Vater blieb stehen und schaute sich mit schmerzverzerrtem Gesicht nach mir um.

»Kann jetzt nicht mehr weit sein, Josh!«, rief er mir zu.

Obwohl wir nicht mehr weit von der Lichtung entfernt sein konnten, blieb ich noch einmal stehen, rief nach Dany, suchte mit den Blicken den Wald ab, aber auch jetzt blieb es still dort draußen.

Nach mehr als einer halben Stunde erreichten wir endlich den Rand der Lichtung. Mitten auf einem schneebedeckten Platz, wo es weder Büsche noch Bäume gab, stand der Hubschrauber. Die Enttäuschung, dass wir Dany nicht gefunden hatten, ließ ein Gefühl der Freude, dass wir es bis Hierher geschafft hatten, gar nicht erst aufkommen. Ziemlich benommen stapfte ich durch den Schnee auf den Hubschrauber zu. Mein Vater humpelte hinter mir her und blieb auf halbem Weg zum Hubschrauber plötzlich stehen.

»Josh«, rief er mir zu. Ich drehte mich nach ihm um. Da stand er und starrte zu einer ganz bestimmten Stelle am Rand der Lichtung hinüber.

»Ist was?«, rief ich ihm zu.

Er hob die Schultern etwas an, bevor er in meinen

Fußtapfen auf mich zukam.

»Josh, dort draußen ist wer«, sagte er.

Die Seitentür des Hubschraubers öffnete sich und ein Mann, den ich nicht kannte, rief uns zu, uns etwas zu beeilen.

»Wir müssen weg von hier. Schlechtes Flugwetter im Anzug. Regen und Schnee.«

Wir beachteten seine Warnung nicht. Vater zeigte mit der Hand zur Stelle am Waldrand. Obwohl ich mich anstrengte, sah ich dort drüben nichts außer Bäume und Gestrüpp.

»Hast du was gesehen?«

Er schüttelte den Kopf. »Nein, aber für einen Augenblick glaubte ich, eine Stimme zu hören.«

»Danys Stimme?«

Er hob die Schultern. »Komm, Josh. Wahrscheinlich habe ich mich geirrt.«

Er ging an mir vorbei zum Hubschrauber. Der Co-Pilot in der Türöffnung half uns beim Einsteigen und nahm mir den Rucksack ab. Wir setzten uns auf die hinteren beiden Sitze und streiften uns die Sicherheitsgurte über.

Mein Vater fragte die beiden Piloten, ob ihnen auf dem Flug hierher ein Licht aufgefallen sei.

»Ein Licht?«, fragte Connor.

»Hell«, erklärte mein Vater, »fast wie ein Flutlicht. Einige Minuten lang war es so hell, dass wir davon geblendet wurden.«

Connor drehte den Kopf und sah uns an, zuerst mich, dann meinen Vater. Ich sah ihm an, dass er nicht glaubte, was Vater ihm eben gesagt hatte.

»Es stimmt«, sagte ich. »Ich habe es auch gesehen.«

»Und wer hat es denn angemacht?«, grinste der Co-Pilot.

Vater gab ihm keine Antwort. Wir erkannten beide in diesem Moment, wie schwierig es sein würde, irgendjemandem von diesem merkwürdigen Licht zu erzählen, ohne dafür ausgelacht zu werden.

Auch Connor schmunzelte. Ich zog die Mütze vom Kopf.

»Mein Vater hat dort draußen eine Stimme gehört«, erklärte ich trotzig.

»Dort draußen. Wo ist dort draußen?«

»Irgendwo dort draußen!«, beharrte ich.

»Das ist fast unmöglich, Josh. Dieses ganze Gebiet wurde gestern von uns abgesucht. Wäre der Junge hier in der Nähe, hätten wir ihn schon gestern gefunden, oder sogar am ersten Tag.«

»Ich kann mich auch getäuscht haben«, gab mein Vater zu. »Wenn man jeden Augenblick erwartet, am Ziel angekommen zu sein, kann ich gut etwas gehört haben, was ich mir herbeigewünscht hatte. Zellenkoller, nennt man das im Knast. Keiner, der so lange auf den Tag warten muss, an dem er rauskommt, ist davor gefeit.«

Der Co-Pilot schob die Tür dicht und verriegelte

sie. Connor langte nach dem Kontrollbrett und legte einige Schalter um. Der Hubschrauber zitterte, als der Rotor anlief. Rund um uns herum wirbelte Schnee auf. Wir hatten uns wegen des Lärms die Kopfhörer übergestülpt und starrten zwischen den beiden Piloten hindurch und durch die Scheibe hinaus in den durcheinanderwirbelnden Schnee. Der Hubschrauber hob sich vom Boden und drehte leicht ab.

Und in diesem Moment bemerkten wir alle das Licht, weiß wie der Schnee und so hell, dass alle Konturen der Bäume von ihm aufgesogen wurden, als wäre es der Wald selbst, der das Licht mit der Energie versorgte.

Connor ließ den Helikopter in der Luft stehen bleiben. Um uns herum existierte nichts mehr, keine Erde, kein Himmel, kein Wald. Es schien, als schwebten wir im Nichts. Ich hörte den Co-Piloten mit leiser Stimme einen lästerlichen Fluch ausstoßen. »Verdammt Larry, wir sollten weg von hier!«

Aber Connor dachte nicht daran. Er drehte den Hubschrauber so, dass wir durch die Frontscheibe direkt ins blendende Licht sahen, und da erschien sie plötzlich, eine kleine Gestalt, umgeben vom Licht. Wie durch einen leuchtenden Nebel kam sie auf uns zu, und obwohl sie nicht viel mehr war als eine Gestalt ohne menschliche Konturen, erkannte ich in ihr meinen kleinen Bruder.

»Dany!«, schrie ich so laut ich nur konnte seinen Namen, und gleichzeitig wusste ich, dass er meine Stimme im dröhnenden Lärm der Rotoren unmöglich hören konnte.

Mit jedem Schritt, den er uns näherkam, wurde das Licht dunkler und als Connor den Hubschrauber absetzte, war die Lichtung wieder das, was sie vorher gewesen war, nichts anders als kahlgeschlagene Stelle im Wald, wo sich zwei Pfade kreuzten.

Connor schaltete den Rotor aus.

Keine zwanzig Schritte von uns entfernt stand Dany im Schnee, den rechten Arm angewinkelt vor dem Gesicht, um seine Augen vor dem hochgewirbelten Schneestaub zu schützen.

Ich hörte Connors Stimme in den Kopfhörern.

»Verdammt«, stieß er hervor. »Tatsächlich, das ist der Kleine!«

Dany lief nun auf den Helikopter zu und fiel hin, rappelte sich wieder auf und taumelte weiter.

Der Co-Pilot öffnete die Tür Mein Vater kletterte zuerst hinaus, dann ich. Sobald ich Schnee unter meinen Füßen hatte, rannte ich los, lief Dany entgegen, und er taumelte in meine Arme. Ich hob ihn hoch und drückte ihn an mich und ich spürte wie mein Herz raste, als ich mich umdrehte und auf den Hubschrauber zuging.

Dany hielt sich an mir fest wie ein Klammeräffchen, aber ich hätte ihn auch so nicht losgelassen.

Sie starrten ihn alle an, suchten nach Spuren der schrecklichen Tage und Nächte, die er allein im Wald verbracht hatte, aber Dany sah überhaupt nicht danach aus, als wäre er sozusagen dem Tod von der Schippe gesprungen.

»Dany«, sagte mein Vater leise zu ihm. »Wo warst du die ganze Zeit?«

Dany sah ihn verblüfft an.

»Wer bist du?«, fragte er meinen Vater.

Der lachte auf. »Ich bin der Vater von Josh.«

»Das ist Dad«, korrigierte ihn Dany, »und Dad ist auch mein Dad.« Er legte eine kurze Pause ein. »Und auch Amandas Dad.«

»Wo wolltest du denn hin, Dany, allein im Wald?«, fragte Connor.

»Zu meinem Großvater«, sagte Dany unbekümmert.

»Aber dort bist du nicht angekommen. Wo warst du denn die ganze Zeit?«, hakte Connor nach.

Dany zeigte in den Wald hinaus. »Dort«, sagte er.

»Mit wem?«, fragte ihn Connor weiter.

»Mit Elvin«, sagte Dany.

Connor blickte mich zweifelnd an. Er hatte keine Ahnung, wer Elvin war.

»Sein kleiner Bär«, sagte ich.

»Er ist nicht mehr klein«, widersprach mir Dany. »Er ist groß und stark.«

»Wie groß denn?«, fragte Connor.

Dany, den ich noch immer in den Armen hatte, wollte runter. Ich setzte ihn ab. Dann blickte er zu mir auf. »Größer als du, Josh. Viel größer.«

Connor rieb sich mit der Hand den Nacken. Es war ihm anzusehen, dass er an Danys Worten zweifelte. Ich konnte ihm das nicht übel nehmen, denn Dany sah nicht danach aus, als hätte er drei Nächte hintereinander an der Brust eines Grizzlybären geschlafen.

Mein Vater beugte sich zu ihm hinunter. »Dany, wo ist dein Freund jetzt?«

Dany überlegte sich die Antwort gut, bevor er sie aussprach.

»Dort draußen«, sagte er und zeigte zum Rand der Lichtung. »Dort draußen ist er.«

Der Co-Pilot konnte sich ein spöttisches Auflachen nicht verkneifen. Auch er kauerte sich nieder. »Komm mal her, Kid«, befahl er Dany. Und Dany gehorchte, aber als der Co-Pilot anfing, ihn näher zu betrachten und an ihm herumzuschnüffeln, wurde auch dem Kleinen klar, dass ihm niemand glaubte. Verzweifelt sah er sich nach mir um, aber ich konnte ihm in diesem Moment auch nicht helfen, obwohl wir ja alle das Licht gesehen hatten, das so gar nicht zum schmutzigen Grau des wolkenverhangenen Himmels passte, auch nicht zum düsteren Zwielicht, das sich im Wald eingenistet hatte.

13. Zurück

Wir brachten Dany nach Hause. In den lokalen TV-Nachrichten hatte man bereits berichtet, dass der vermisste Junge von der RCMP draußen im Wald aufgefunden worden sei, wohlbehalten aber erschöpft und offenbar ziemlich verstört.

Zuhause warteten sie alle auf uns. Unser Hausarzt, Dr. Gordon Landauer war bereit, Dany zu untersuchen. Inspektor Tritten war da, bereit, Dany eine Anzahl von Fragen zu stellen. Von unserer Zeitung, dem Northfork Herald warteten draußen in ihrem Auto eine Reporterin und ein Fotograf, die wieder abzogen, als ihnen Dad sagte, dass die Familie jetzt allein sein wollte. Morgen sei Dany sicher bereit, ihnen seine Geschichte zu erzählen.

Die Reporterin nickte und der Fotograf machte ein Foto von Dad, das am nächsten Morgen in der Zeitung abgedruckt war. Überschrift: Vater von Dany – dem Jungen der drei Tage und Nächte dort draußen in der Wildnis von einem Grizzly beschützt wurde.

Woher die Zeitung etwas über Danys Geschichte erfahren hatte, wussten wir nicht, aber ich nehme an, dass Connor oder sein Co-Pilot der Reporterin diese unglaubliche Geschichte gesteckt hatten.

Uns war das alles so ziemlich egal. Dr. Landauer fand keine Spuren an Danys Körper, die darauf hingewiesen hätten, dass ihm jemand Gewalt angetan hatte. Keine Blutergüsse oder Wunden. Nur seine Hose war zerrissen und an den Beinen hatte er Kratzspuren, die von stacheligem Brombeergestrüpp stammten.

Der Fuß meines Vaters war hingegen so dick angeschwollen, dass er sofort in das Spital überführt werden musste, wo man eine schwere Verstauchung und einen Sehnenriss am Knöchel feststellte. Schon am nächsten Tag wurde er operiert, und als er aus der Narkose aufwachte, galt seine erste Frage meinem kleinen Bruder.

Am Tag danach besuchte uns der Inspektor zu Hause und erklärte uns, dass gegen Herbert Baxter nichts vorliege, da er mit seiner Anwesenheit in Northfork gegen keine gesetzlichen Auflagen verstoßen habe. »Mit anderen Worten, dein Vater hat nichts Illegales getan, Josh. Wir können ihm deshalb weder die Stadt verbieten oder ihn irgendwohin zurückschicken, schon gar nicht ins Gefängnis. Er liegt nun in seinem Spitalbett und es wurde mir gesagt, dass bereits ein Dutzend Zeitungs- und Fernsehreporter ihn interviewt hatten und heute Abend überall im Land, und wahrscheinlich sogar im Ausland, über

Danys merkwürdige Rettung berichtet würde.«

»Herb Baxter ist ein wahrer Held in einer ziemlich verworrenen Geschichte, die meiner Meinung nach unmöglich stimmen kann«, erklärte uns Tritten.

»Dann glaubt ihm also niemand.« Dad und Mom sahen sich kurz an. »Wir hoffen nur, dass Dany von jetzt an in Ruhe gelassen wird. Er hat sich diese Geschichte bestimmt nicht ausgedacht, um uns allen etwas vorzulügen.«

»Wenigstens glauben ihm seine Eltern«, sagte Inspektor Tritten und blickte dabei mich an. »Du hast ihn auf der Lichtung gesehen, Josh. Connor sagte, dass er vom Waldrand her auf die Lichtung hinausgelaufen war und dass er auf ihn und auf unseren Co-Piloten Konstabler Larry Bean einen verängstigten oder sogar verstörten Eindruck gemacht hatte, was ja den Umständen entsprechend nicht überrascht, nicht wahr.«

»Dany war nicht verstört. Vielleicht hatte er nur Angst, dass der Hubschrauber ohne ihn wegfliegen würde.«

»Das mag sein, und trotzdem glaube ich nicht, dass seine Geschichte stimmen kann. Er muss irgendwo Zuflucht gefunden haben.«

»Wo denn?«, fragte Dad. »Die Lichtung befindet sich mehr als zwanzig Kilometer von der Horseshoe Bend, wo sein Großvater lebt. Sonst gibt es nichts dort draußen, außer Bären und Wölfe.«

»Wir werden uns in den nächsten Tagen noch einmal dort draußen genau umschauen. Die meisten Bären sind noch im Winterschlaf. Mag sein, dass ein hungriger Grizzly aufgewacht ist, aber der hätte einen kleinen Jungen eher gefressen, als ihn gegen Wind und Wetter zu schützen.«

»Glauben Sie doch, was Sie wollen, Inspektor«, sagte Mom. »Dany ist unverletzt nach Hause zurückgekehrt, das ist alles, was wirklich zählt. Ich bin sicher, dass er beschützt wurde. Anders kann es doch gar nicht sein, nicht wahr. Drei Tage und drei Nächte allein dort draußen, bei eisigen Temperaturen, wie nur sollte das Dany ohne seinen Beschützer überlebt haben?«

Tritten nahm Mom's Einwände wenigstens ernst. »Kann sein, dass sich Dany seinen Bärenfreund nur ausgedacht hat. Das wiederum hat ihm geholfen, die drei Tage dort draußen zu überleben. So sehe ich das, Mrs Winslow und es würde mich überraschen, wenn wir um die Lichtung herum, wo Dany aufgetaucht ist, irgendwelche Bärenspuren finden würden.«

»Unsere Beschützer hinterlassen keine Spuren«, sagte Mom.

Für sie war die Sache klar. Die Schutzgeister der Haida hatten Dany gerettet. Dad half Mom aus, indem er Tritten fragte, ob er an Schutzengel glaubte.

Tritten wurde von der Frage überrascht. Er nahm

seine Fellmütze vom Kopf und schaute sie an, als hätte er sie noch nie getragen. Dann hob er den Blick.

»Ich habe das Mister Baxter bereits erklärt und ihm im Blockhaus des alten Mannes gesagt, was ich denke, Mister Winslow.«

»Und was haben sie Joshs Vater denn gesagt?«

»Dass ich nicht an übersinnlichen Hokuspokus glaube.«

»Nur wusste von uns damals keiner, dass wir Dany unversehrt finden würden, Inspektor. Aber genau das ist geschehen.«

»Ich kann es nicht erklären«, gab Tritten zu. »Kleine Kinder haben vielleicht tatsächlich einen Schutzengel, sagt man.«

Er ging zur Tür und öffnete sie. Im Vorgarten hatte sich eine Schar von Fotografen, Kameraleuten und Reportern versammelt. Kameras blitzten den Inspektor beim Verlassen des Hauses.

Dad ging hinaus.

»Unser Dany schläft noch«, erklärte er den Leuten.

»Mit seinem Bären?«, rief eine Frauenstimme.

Ich hörte Dad lachen.

»Dany hat seinem Bären im Herbst im Wald eine Höhle gebaut, damit er seinen Winterschlaf halten kann.«

Jetzt lachten auch die Leute. Sie standen alle im

Schnee, und es schneite noch immer leicht. »Wenn ihr euch alle zum Kaffeetrinken zum McDonald's begebt, rufe ich dort an, wenn Dany wach ist.«

»Versprochen, Greg?«, rief ein Journalist vom Northfork Herald.

»Versprochen«, versicherte ihnen Dad, und die meisten von ihnen zottelten ab, um der Kälte zu entrinnen.

Ich machte mich auf zu Sinas Großeltern. Ich hatte mit ihr ausgemacht, dass wir meinen Vater im Spital zusammen besuchen würden, aber als wir dort ankamen, gab es im Mediengetümmel kein Durchkommen. Auf dem Parkplatz standen die Übertragungswagen der größten Fernsehstationen Kanadas.

»Morgen sind sie alle wieder weg«, meinte Sina, während wir umdrehten um nach Hause zu gehen. »Du kannst froh sein, dass nicht du der Held dieser Geschichte bist, Josh, sondern dein Vater.«

»Ich würde auch gern mal ein Held sein«, sagte ich mit gespielter Wehmut.

Sie lachte auf.

»Dazu hättest du dich zumindest auch an einem Fußknöchel verletzen müssen. Viele Leute mögen das. Eine wahre Heldentat ist es nur, wenn ein Held nicht ohne blaue Flecken davonkommt.«

»Ich habe mir beim Sturz vom Schneemobil fast das Genick gebrochen«, gab ich ihr zu bedenken. Sie blieb stehen und hielt mich zurück. Mitten auf der Straße gab sie mir einen Kuss. Eine Frau blieb stehen. »Sag mal, bist Du nicht Josh Winslow, der große Bruder von Dany. Wie geht's dem Kleinen und seinem Bären?«

»Sehr gut«, sagte ich. »Der Bär schläft bei ihm im Bett.« Dass mein Name nicht Josh Winslow war, verschwieg ich ihr.

Die Frau lachte und Sina und ich gingen weiter. Bei uns Zuhause saß Dany am Tisch in der Küche und aß ein Peanut Butter Sandwich.

»Morgen ist Frühling«, sagte er mit vollem Mund.

»Dann befreien wir Elvin aus seiner Höhle, Dany.« Er sah mich ziemlich merkwürdig an. Als ob ich bescheuert wäre.

Mom kam in die Küche als Sina die Kaffeekanne auf den Herd stellte.

Es schien alles in Ordnung zu sein an diesem Morgen.

»Dein Vater hat angerufen, Josh«, sagte sie. »Er fährt morgen hinaus zu Großvater.«

»Morgen? Wozu?«

»Das hat er nicht gesagt. Er fragte, ob du mit ihm fahren willst.«

»Was hast du ihm gesagt?«

»Dass du sicher gern mit ihm fährst.«

»Und was meinst du, Mom?«

»Er ist dein Vater, Josh. Dad hat gesagt, dass er bei uns willkommen ist.«

»Das hat Dad gesagt?«, Sina und ich wechselten einen Blick.

»Wieso nicht?«, sagte Mom. »Er gehört doch zur Familie.«

Mir blieb glatt die Spucke weg. Ich trank einen Schluck Kaffee, der viel zu heiß war und verbrannte mir die Zunge.

»Wo ist Dad?«, keuchte ich.

»Er fährt deinen Vater zurück zur Wilderness Lodge. Dein Vater wird dort draußen wohnen, bis er ein Haus gefunden hat.«

»Ein Haus?«

»Er will hier in Northfork bleiben, Josh.«

»Und du? Was sagst du dazu?«

»Was erwartest du von mir, mein Sohn? Ich hatte Angst, dass er dich von hier wegholen würde und damit unsere Familie entzweit. Aber ich habe lange mit Sina darüber gesprochen, Josh, und jetzt habe ich diese Angst nicht mehr. Dein Vater kommt aus dem Gefängnis. Eine Familie hat er nicht. Er hat nur den alten Mann dort draußen am Fluss. Und uns. Also bleibt er hier.«

»Könnte er auch in unserem Haus wohnen?«

Sie schmunzelte. »Nein, das glaube ich nicht.«

Erst viel später verriet mir Mom, warum sie geschmunzelt hatte. Mein Vater hatte ihr nämlich gestanden, dass ein Teil des Geldes, das er und seine beiden Kumpane beim Bankraub erbeutet hatten, im Besitz meines Großvaters war. Der hatte es für ihn in einem Versteck in seinem Blockhaus aufgehoben. Mein Vater ist nämlich nach dem Überfall mit einem geklauten Auto nach Northfork gefahren und hat meinem Großvater eine Tasche voll mit Scheinen übergeben.

Nun war mein Vater davon überzeugt, dass er für dieses Geld zehn Jahre im Knast abgesessen hatte. Inspektor Tritten wäre wohl ganz anderer Meinung gewesen, hätte sich sein Verdacht erhärtet, dass Herb Baxter nicht nur nach Northfork gekommen war, weil er mich zehn Jahre nicht gesehen hatte, sondern auch weil es ihm um ein kleines Vermögen ging, das nach dem Banküberfall nie gefunden worden war.

Spätestens als der ehemalige Sträfling nach einem längeren Wohnaufenthalt in der Wilderness Lodge in Northfork ein Haus kaufte, hätte unser Inspektor eigentlich Verdacht schöpfen müssen, aber wahrscheinlich drückte er ein Auge, oder sogar beide, zu, weil er dachte, dass sich mein Vater mit zehn Jahren im Knast tatsächlich eine neue Chance verdient hatte.

Rückblickend wurde mir klar, was Mom gemeint hatte, als ich damals an ihrem Schlafzimmer vorbeigegangen war. Ich habe ihre flüsternde Stimme noch heute im Ohr. »Wegen allem.« Was das alles war, wusste ich jetzt. Sie war es gewesen, die die Polizei benachrichtigt hatte. Damals war es wohl für sie die richtige Entscheidung gewesen, um sich und mich vor ihm zu schützen. Aber je länger die Zeit dauerte, die Herb Baxter im Knast verbrachte, desto mehr wurde sie von den Gedanken geplagt, ihn verraten und an die Polizei ausgeliefert zu haben. Es nützte nichts, sich etwas anderes einreden zu wollen, denn nach seiner Entlassung würde er sich an ihr rächen wollen, dachte sie. Das hatte er ihr zugerufen, als er nach dem Schuldspruch abgeführt wurde. Dass er sie finden würde, aber was Mom damals als eine Drohung aufgenommen hatte, war nichts anderes gewesen als ein Versprechen, das mein Vater nun eingehalten hatte.

Als ich mit der High-School fertig war, fragte mich mein Vater, was ich mit meiner Zukunft anfangen wollte. Ich hätte ihm jetzt sagen können, dass ich nach Los Angeles ziehen wollte um ein Hip-Hop Star zu werden. Ich bin sicher, dass er mir auch dafür das Geld gegeben hätte, das ich für einen Start in Kalifornien brauchte, aber ich sagte ihm, dass ich die Musikschule in Vancouver besuchen wollte, und dafür zahlte er mir das Schulgeld.

Vancouver ist nicht so weit von Northfork entfernt wie Los Angeles. Und die Universität, die Sina besucht ist auch in Vancouver. Wir sehen uns oft und verbringen die Wochenenden zusammen, sitzen am Kitsilano Beach oder machen Ausflüge. Hin und wieder fahren wir nach Northfork und besuchen unsere Familien, ihre Großeltern und ich Dad und Mom und Dany und Amanda. Und natürlich auch Herb Baxter, der inzwischen mit meinem Dad zusammen eine Straßenbau-Firma gegründet hatte, die Winslow&Baxter hieß.

Ob ich Sina einmal heiraten werde, weiß ich noch nicht. Aber ich denke, dass das eine gute Sache wäre, mit ihr zusammen zu sein. Für immer. Irgendwann, wenn die Zeit gekommen ist über eine eigene Familie nachzudenken, werde ich sie bestimmt fragen.

Und Elvin haben wir auch aus seiner kleinen Höhle geholt. Dany konnte es kaum glauben, dass sein kleiner Freund noch in der Höhle lag und nicht im Wald herumstolzierte, ein großer und starker Grizzly.

»Dein Bär dort draußen war vielleicht ein anderer, Dany«, versuchte ich ihn zu trösten, aber er schüttelte den Kopf.

»Ah, hast du ihn denn nicht nach seinem Namen gefragt?«

»Doch.«

»Und?«

»Er hat gesagt, dass er Elvin ist«, grinste Dany.

Das soll mal einer begreifen.

Im Sommer fuhr Herb Baxter mit meinem Großvater zum Grand Canyon. Auch Dany durfte mitfahren, natürlich begleitet von seinem geliebten Elvin, dem die Hitze in Arizona aber gehörig zu schaffen machte.

Die drei Tage und Nächte dort draußen im Wald vergaß mein kleiner Bruder bestimmt nie, doch er redete mit niemandem mehr darüber, auch nicht mit Mom. Und so denke ich, dass er beschlossen hatte, seine Geschichte für sich zu behalten wie einen kleinen Schatz aus einer glücklichen Kindheit.

Nun ist er bereits in der Mittelschule und man sieht ihn oft mit Lorie Zierbecher zusammen.

Übrigens, da sind noch zwei weitere Dinge, die ich unbedingt loswerden will: Ganz in der Nähe der Lichtung, wurden tatsächlich Spuren eines Bären gefunden, die sich aber in Nichts auflösten, als der Schnee zu schmelzen begann. Vielleicht stammten sie vom Bären, den ich vom Hubschrauber aus beobachtet hatte.

Und was die Briefe betrifft, die mir mein Vater aus dem Knast geschickt hatte, die liegen in einer Schuhschachtel in meinem Zimmer. Ab und zu, wenn ich zu Hause bin, nehme ich einen heraus und lese ihn. Stellt euch vor, all die Jahre hat sie Mom vor mir versteckt ohne sie selbst zu lesen. Dabei hatte er in jedem der Briefe auch für sie ein paar Worte gefunden, in denen er immer wieder versuchte, ihr klar zu machen, dass der Bankraub eine Verzweiflungstat gewesen war, weil er sie und mich liebte.

Ich nahm mir vor, irgendwann noch einmal mit meiner Mutter zu reden, aber Sina meinte, dass das nicht nötig sei.

»Es ist so, wie es ist, Josh. Dein Vater liebt sie noch immer und der einzige, der das wirklich versteht, ist dein Dad.«

Textauszug:
Die Rückkehr des Kirby Halbmond von Werner J. Egli,
erschienen im ARAVAIPA-Verlag

1. Kapitel
Ein See voll mit Whiskey

Wenn ich an meinen Vater denke, versuche ich meine
Gedanken über die Pfade zu lenken, die hinausführen zum
Stone Creek, über die alte Brücke und durch den Wald im
Tal, wo unsere Vorfahren begraben liegen. Ich gehe an
seiner Seite und versuche so sanft und leise aufzutreten, dass
nichts von mir zurückbleibt, kein Geräusch, keine Spur,
nicht einmal mein Atem in der klaren, kalten Luft. Manchmal ist Marvin dabei, mein älterer Bruder.

Wir gehen unsere Fallenstrecke ab. Es ist Frühling. Der
Boden unter dem weichen Schnee ist noch gefroren. Die
Sonne scheint warm an den Südhängen herunter ins Tal,
in dem Schmelzwasser von den Ästen der Fichten tropft.
Die Fallen sind voll. Wir häuten die Bisamratten an Ort
und Stelle, binden die Felle zusammen und tragen sie in
Bündeln auf unseren Rücken. Wir gehen langsam das
Tal hinauf, bis zu den Quellen des Stone Creek, und dort
lagern wir und die Nacht ist eiskalt und klar, so klar, dass
der Himmel aussieht wie das blaue Tuch, das Mutter unter
den Weihnachtsbaum legt und das sie ganz mit Glimmer
bestreut, bevor sie unsere Geschenke auslegt. Und am
nächsten Tag gehen wir weiter, Vater geht voran, die kahlen
Hügel hinauf bis zu jener Stelle, von wo wir das weite Tal des
Bear River sehen können, das sich bis zu einer mächtigen
Bergkette hin ausbreitet. Hier oben, wo der Wind frei über
den Grat hinwegfegt, setzen wir uns hin und mein Vater
sagt: „Es ist Frühling. Bald kehren die Karibus zurück.“

Das ist alles, was er sagt. Aber es sind nicht seine Worte, die mich glücklich machen, es ist das Gefühl, dass der lange Winter endlich vorbei ist, und ich verliere die Furcht, die in meinen Alpträumen entstanden ist, die Furcht, dass eines Tages nichts mehr so sein wird, wie es jetzt ist. Die Karibus kehren zurück. Ich blicke zur Senke hinunter, wo die Tümpel noch mit Eis bedeckt sind, aber hier und dort glitzern die Wasser der vielen kleinen Bäche, die dem Bear River zufließen, sich in ihm vereinen und ihn zu einem großen starken Fluss werden lassen. Ich blicke in die Ferne nach Süden und ich weiß, woher sie kommen und wo sie auftauchen werden, aber sie sind noch nicht zu sehen.

Mein Vater nimmt seine Flasche aus dem Rucksack und trinkt. Die Furcht kehrt sofort zurück und vielleicht spürt er es, denn er steht auf und sagt, dass es Zeit ist, nach Hause zu gehen. Wir verlassen den Grat und ich sehe mich noch einmal um und ich wünschte, wir könnten für immer hier bleiben.

Mein Vater sagte mir einmal, als er zufällig nüchtern war, dass der Weg eines Menschen vorbestimmt ist und es sich nicht lohnt, über gewisse Dinge, die einem im Leben passieren, Schlaf zu verlieren. Ich kann nicht behaupten, mein Vater sei eine Leuchte in Sachen Lebenserfahrung gewesen, letztlich trank er sich zu Tode, aber in diesem Fall muss er Recht gehabt haben. Wie sonst wäre es zu erklären, dass sich mein Weg mit dem Weg von Lester Kinsley oder William McGill kreuzte. Ein Zufall war es bestimmt nicht.

Gelegentlich fragen mich Weiße, die von nichts eine Ahnung haben und für die die letzten Abkömmlinge eines Naturvolkes so etwas wie aussterbende Exemplare einer urweltlichen Lebensform sind, warum ich Kirby Halfmoon heiße. Zu Deutsch bedeutet dies Halbmond. Und gelegentlich, wenn ich wirklich Bock darauf habe, erzähle ich ihnen folgende Geschichte:

Mein Vater hieß Halbmond, mein Großvater hieß auch Halbmond. Und mein Urgroßvater hieß Vollmond, aber dann hat ihm einer beim Zweikampf mit dem Tomahawk den Schädel gespalten, mitten durch, und sein Kopf fiel in zwei Hälften auseinander und fortan nannte man uns Halbmond. Für die Weißen ist das natürlich eine überwältigende Geschichte, die ich ganz nach Lust und Laune ausschmücken kann, aber meistens bleibe ich ziemlich sachlich, weil zu fürchten ist, dass mir sonst noch irgendwann einmal ein Zuhörer wegen der Augen, die aus den Höhlen quellen oder wegen des Blutes oder irgendwelcher Gehirnteile, die dem gespaltenen Schädel entweichen, in Ohnmacht fällt. Die Geschichte ist natürlich erfunden.

Ich bin ein Indianer. Mein Vater war ein Indianer und mein Großvater auch. Meine Großmutter war weiß. Ich verstehe nicht, warum mein Großvater sie geheiratet hat. Ich hätte das an seiner Stelle bleiben lassen. Dann wäre mein Vater nicht geboren worden und er hätte sich auch nicht zu Tode saufen können.

Manchmal, wenn ich alleine bin, irgendwo in den Wäldern oder auf der Karibu Ebene, wo wir früher Fallen zum Fang von Bisamratten ausgelegt haben, denke ich über mein Leben nach. Das bringt zwar nichts, aber schaden tut's auch nicht. Die Erinnerungen an meinen Vater sind zwar in letzter Zeit ein wenig blasser geworden, aber ich sehe ihn noch genau vor mir, wie er manchmal heimkam, die Hose voll, weil er zu betrunken war, um irgendwo auf die Toilette zu gehen oder sein Geschäft hinter einem Busch zu verrichten. Sein Gesicht war ein aufgedunsener Schwamm voller Löcher, mit einer geschwollenen Kartoffelnase mittendrin und zwei kleinen wässerigen Augen, in denen sich selten etwas anderes spiegelte als Leere. Nicht eine Leere wie, zum Beispiel, der Himmel ohne Wolken oder eine Leere wie in einem tiefen schwarzen Teich im Wald, sondern eine vollkommen leere Leere.

Meine Mutter hatte ganz andere Augen. Voller Wärme. Wenn ich an meine Mutter denke, fängt mir meistens das Herz an wehzutun. Richtig weh. Und manchmal gerate ich unweigerlich in diese Stimmung, die mich fix und fertig macht, und damals, als ich in der Stadt war, wollte ich jedes Mal am liebsten sofort meine Sachen zusammenpacken und nach Hause gehen.

Ich ging natürlich nicht nach Hause. Was sollte ich dort? Nicht einmal das Dorf existierte mehr. Unser Dorf. Die Kirche und alles. Die Kneipe, in der mein Vater sich langsam zu Tode soff. Das kleine Schulhaus, dessen Bretterwände wir Schüler in Fronarbeit mit himmelblauer Farbe angestrichen hatten, die Fensterrahmen und Dachränder weiß. Alles war verschwunden. Alles lag in der Tiefe eines Stausees, die Gräber hinter der Kirche auch, das Kreuz, auf dem der Name meines Vaters stand, James Parker Halfmoon, und das Grab meines Großvaters und das Grab meiner kleinen Schwester Belinda, die an einer Lungenentzündung gestorben ist, kurz bevor sie drei Jahre alt werden konnte.

Der Staudamm war von der LK Baufirma gebaut worden. LK stand für Lester Kinsley. Ich sah Lester Kinsley nur ein einziges Mal in unserem Dorf, als er nämlich mit seinem Privatflugzeug auf dem neuen See landete. Zur Einweihung des Staudammes, der zu Ehren eines alten Pfadfinders und Trappers der Hudson Bay Company Jim-Williams-Damm hieß. Kinsley hielt im neuen Gemeinschaftssaal eine Rede.

Ich war dort. Das Beeindruckendste an Lester Kinsley war seine Tochter Amanda. Er stellte sie allen Dorfleuten vor, indem er sie auf die Bühne holte. „Das ist mein ganzer

Stolz", sagte er. „Meine Tochter Amanda. Ich weiß bis heute noch nicht, warum dem Damm nicht der Name Amanda gegeben wurde.Den Damm habe ich zu Ehren meiner Tochter gebaut. Ihr und den anderen jungen Leuten im Saal gehört die Zukunft unseres Landes!"

Mir zum Beispiel. Ich war vielleicht ein Jahr älter als Amanda. Mir und ihr gehörte die Zukunft. Am liebsten hätte ich es sogleich ausprobiert, aber sie war ein Mädchen aus den so genannten besseren Kreisen, während ich mein Geld mit dem Fang von Bisamratten verdiente.

Genau genommen war Lester Kinsley meine Zukunft genauso wurscht wie die der anderen jungen Leute irgendwo auf der Welt. Für ihn zählten nur er, sein Geld und seine Macht. Echte Freunde hatte er nicht. Arschkriecher waren seine Freunde. Leute, die von ihm und seinen Geschäften profitierten. Leute, die ihm zu Kreuze krochen, wenn er es von ihnen verlangte. Schamlos liessen sie sich von ihm manipulieren, hatten längst alle Achtung vor sich selbst verloren, auch allen Respekt vor ihm, und jedes Mitgefühl für uns und unsere Vorfahren. Seine Freunde waren ein paar korrupte Politiker und Beamte, die eigentlich hätten wissen sollen, dass sie Angestellte des Staates waren, in dem wir zu leben hatten. Unsere Angestellten, auch wenn die wenigsten von uns Geld hatten, um sie zu bezahlen.

Schon allein deshalb, weil die meisten von uns arm waren, wurden wir von Leuten wie Lester Kinsley und seinen Arschkriechern gezwungen, um unsere Rechte zu kämpfen.

Ich hasste Lester Kinsley nicht, ich verachtete ihn. Für mich war er der Inbegriff des Bösen und des Schlechten, mit dem Menschen wie er ausgestattet sein konnten, und manchmal fragte ich mich, ob sich das ein Schöpfer, unser aller Gott, wirklich so ausgedacht haben konnte. Um uns zu zeigen, dass das Schöne und Gute, unsere Freiheit im

Schatten und im Licht der Zeiten, die Lachse im Fluss, der Grizzly im Busch, der Himmel und seine Sterne, der Adler im Wind und die Luft die wir atmen, nicht einfach Geschenke einer höheren Macht sind, sondern dass diese Geschenke uns vor die Aufgabe stellen, sie ehren und zu schützen.

Mein Totem war der Adler. Mein Vater hatte es mir oft genug gesagt, selbst wenn er im Vollrausch war. Für ihn war das wichtig, dass wir lebten wie wir lebten, unsere eigenen Entscheidungen trafen, nicht an uns selbst verzweifelten und nie vergaßen, wer wir waren, woher wir kamen und wer uns die Kraft gab, aufzustehen und zu fliegen, wenn wir es nur wollten.

Für sich selbst wollte er es nicht, aber für ihn, diesen alten Säufer mit seiner gebrochenen Seele, war ich nicht nur sein Sohn, für ihn war ich der Adler der er nicht sein konnte, weil er sich selbst aufgegeben hatte.

Dieses Buch gibt es in jeder Buchhandlung, stationär oder im Internet.

ISBN: 978-3-03864-406-4